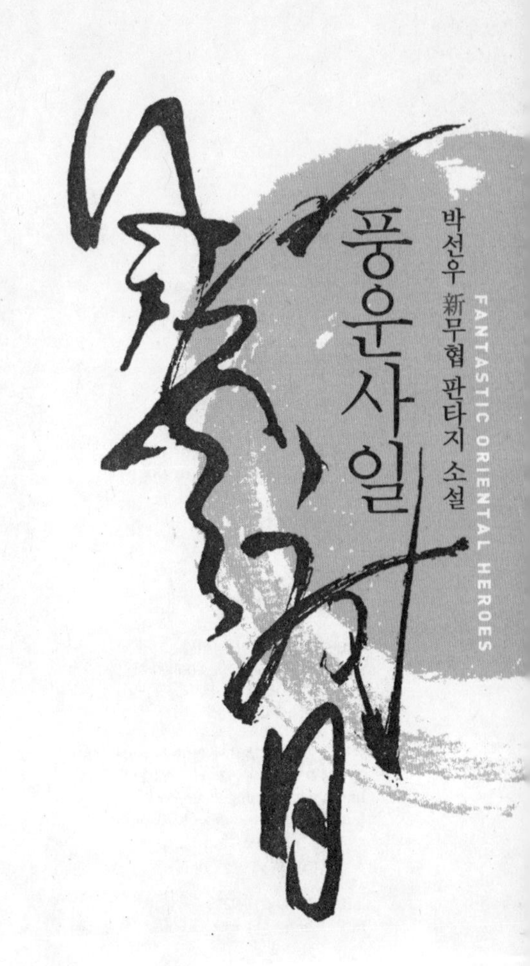
풍운사일
박선우 新무협 판타지 소설
FANTASTIC ORIENTAL HEROES

풍운사일 4

박선우 新무협 판타지 소설

초판 1쇄 찍은 날 § 2014년 9월 24일
초판 1쇄 펴낸 날 § 2014년 10월 1일

지은이 § 박선우
펴낸이 § 서경석

편집부장 § 권태완
편집책임 § 정수경

펴낸곳 § 도서출판 청어람
등록번호 § 제387-1999-000006호
등록일자 § 1999. 5. 31
어람번호 § 제2-2533호

주소 § 경기도 부천시 원미구 부일로 483번길 40 서경B/D 3F (우) 420-822
전화 § 032-656-4452 팩스 § 032-656-4453
http://www.chungeoram.com
E-mail § chungeorambook@daum.net

ISBN 978-89-251-9219-6 04810
ISBN 978-89-251-9137-3 (세트)

풍운사일

박선우 新무협 판타지 소설

FANTASTIC ORIENTAL HEROES

4

풍운사일

CONTENTS

1장

능외쌍마

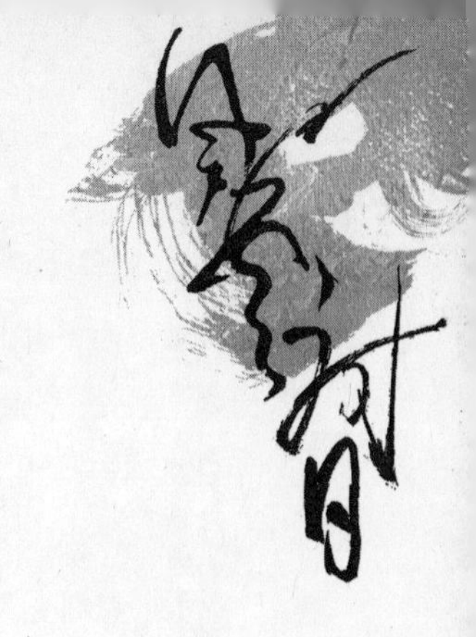

운호는 다음 날 집사를 통해 황보혜에게 잠시 시간을 내달라는 기별을 보냈다.

남의 집에 와서 함부로 움직일 수 없어 기별만 넣어놓고 하염없이 소식이 오기만을 기다렸다.

운상과 운여는 그 이유에 대해 꼬치꼬치 캐물었으나 운호는 입을 꾸욱 닫고 말해주지 않았다.

집사가 다시 돌아온 것은 그로부터 반 시진이 지난 후였다.

집사는 운호를 데리고 건물 사이를 한참 돈 후 다른 곳보다 담장이 높게 설치된 문으로 다가갔다.

그런 후 문 앞에 서서 운호에게 들어가 보라는 손짓을 했다.

문을 열고 들어서자 향긋한 꽃 냄새가 먼저 풍겨와 코끝을 자극했고, 곧이어 아름다운 광경이 눈으로 들어왔다.

정원은 온통 꽃으로 치장되어 있었다.

황보혜는 꽃밭에 설치된 의자에 앉아 그를 기다리는 중이었다.

"어서 오세요."

"불쑥 이렇게 연락을 드려 미안하오."

"아니에요. 하실 말씀이 있었겠지요. 앉으세요. 차를 내오라고 할게요."

그녀는 운호를 자신의 맞은편 자리에 앉게 한 후 시녀를 불러 차를 내오게 했다.

황보혜의 입이 다시 열린 것은 차가 운호의 앞에 놓인 후였다.

"용정차예요. 향기가 깊어 천천히 입술로 축이며 드시면 심신이 맑아진답니다."

"귀한 차를 내주셔서 고맙소."

"자, 이제 말씀해 보세요. 귀를 씻고 들을게요."

"외람된 질문을 하나 할까 하오."

"그게 뭘까요?"

황보혜의 눈이 별빛처럼 빛났다.

운호를 바라보는 그녀의 눈은 어떤 질문이 나올지 대충 짐작하고 있는 것처럼 보였다.

그럼에도 그녀는 입을 닫고 기다렸다.

"당 소저와 혼인하는 사람이 풍검문의 장자라고 들었습니다. 나는 그와 당 소저가 어떻게 만났는지 알고 싶소."

"제가 알고 있기로는 작년 중양절에 풍검문에서 납채를 가져온 걸로 알고 있어요. 석천 대협이 당문을 찾은 것은 당황 어르신께서 납채를 허락하는 서신을 풍검문으로 보낸 그다음 달이었던 걸로 기억해요."

"혹시 그를 보셨소?"

"봤습니다. 운영이가 저한테 그를 소개시켜 줬어요. 아마 제 의견을 듣고 싶었던 것 같아요."

"그는 어떤 사람이었소?"

"사실대로 말씀드릴까요?"

"그래 주시오."

"얼굴은 잘생기지 않았어요. 대신 우직한 마음을 지녔고 마음이 따뜻한 사람이었습니다. 운영이를 보고 첫눈에 반했는지 그 먼 길을 두 달에 한 번씩 찾아왔어요. 사람들은 그가 무공에 미쳐 안휘를 벗어나지 않은 걸로 알고 있지만 지난 일년 동안 그는 사천에서 살다시피 했답니다."

"그것이 당 소저 때문이란 말이오?"

"맞아요."

"그랬구려."

헛웃음이 나온다.

자신은 이 년 동안 서신 한 통 보내지 않았는데 그는 당운영을 위해 칠천 리나 되는 길을 두려움 없이 달려왔다고 한다.

"운영이가 많이 힘들어했어요. 공자를 못 잊어서 울기도 많이 울었고요."

"그랬구려."

장안평에서 본 그녀라면 충분히 그랬을 것이다.

그녀의 울음소리는 아직도 귓가에 생생하게 남아 있다.

"아주 오랜 세월 동안 공자를 기다렸어요. 석천 대협의 그 지고한 구애에도 운영이는 오직 한마음이었어요. 언젠가 공자로부터 소식이 올 거라며 석천 대협을 절대 집 안으로 들이지 않았어요."

"그랬구려."

아무것도 해주지 못한 자신을 그녀는 오랜 세월 동안 기다려 줬다.

그런데도 자신은 수련을 끝내고 시간이 남을 때에야 비로소 절벽에 걸터앉아 꿈꾸듯 그녀를 생각했다.

자신은 그녀를 사랑할 자격도 없는 사람이었다.

"운영이가 석천 대협을 받아들인 건 불과 두 달 전이었어요. 비 오던 어느 여름날 그는 장대 같은 비를 맞으며 운영이의 방 밖에서 꼬박 밤을 새웠다고 해요."

"그랬구려."

그의 행동에서 그녀를 사랑하는 마음이 느껴졌다.

분명 그는 당운영의 가슴에 다른 남자가 있다는 걸 눈치채고 있었을 것이다.

신주십강에 당당히 낀 풍검문의 정보망은 강호에서 발생한 일에 대해서는 모르는 게 없다고 알려져 있다.

그럼에도 밤을 새우며 사랑을 고백했다고 한다.

밤을 새울 수 있는 것은 누구나 할 수 있는 일이었지만 다른 사내를 사랑하는 여인을 한마디 원망 없이 기다린다는 건 아무나 할 수 있는 일이 아니었다.

"혼인 날짜가 잡힌 것은 그로부터 칠 일 후였어요. 세간에서는 운영이의 혼인이 단순한 정략결혼이라며 말도 많았지만 제가 알기로 이 혼인은 석천 대협의 정성으로 이루어진 거예요. 그러니 공자께서는 더 이상 운영이가 힘들지 않게 해주셨으면 좋겠어요."

"……."

"그럼에도 공자를 이곳으로 모신 것은 제 마음이 모질지 못했기 때문일 거예요. 나는 운영이가 가문의 축복 속에서 행복하게 살아가길 바랍니다."

"당 소저는 분명 그렇게 될 것이오. 그리고 나는 그대의 부탁을 잊지 않으리다."

운호는 천천히 자리에서 일어나 황보혜를 향해 깊이 허리를 숙였다.

그런 후 발걸음을 돌려 그녀가 머무는 이화원을 빠져나왔다.

그의 발걸음은 올 때보다 훨씬 가벼워져 있었고, 처졌던 어깨는 원래대로 돌아와 예전의 당당하던 운호로 바뀌어 있었다.

객방으로 운호가 돌아오자 운상과 운여는 지체 없이 그를 따라 방으로 들어왔다.

궁금해서 죽을 지경이었으나 함부로 물어볼 내용이 아니기에 그들은 운호의 눈치만 보며 속으로 끙끙댈 뿐이었다.

운호는 굳건한 성격을 가지고 있지만 누구 못지않게 눈치도 빠른 사람이었다.

"뭐부터 말해줄까?"

"왜 갔냐?"

"네 추측이 맞나 확인하러. 네 추측은 틀렸다."

"틀렸다고? 어떻게?"

"정략결혼은 맞았으나 그녀 스스로 선택한 혼인이었다."

"조금 더 자세하게 말해봐."

운여는 답답함을 풀지 못하고 곧장 되물었다.

그녀의 마음을 장안평에서 충분히 봤기 때문에 운호의 말이 이해되지 않는 것이다.

그가 알기로 다른 남자를 가슴에 품고도 결정할 수 있는 혼인은 정략결혼밖에 없었다.

하지만 이어지는 말을 들으며 깊은 탄식을 터뜨려야 했다.

그런 이야기를 담담하게 해나가는 운호가 불쌍해서 견딜 수가 없었다.

"운호야, 그래서 너는 어쩔 생각이냐?"

"조용히 있다가 가려 한다."

"혼인식은?"

"볼 수만 있다면 잠시라도 보고 싶다."

"네가 그러길 원한다면 그렇게 하자. 어차피 내일이니 혼인식이 끝나는 대로 떠나는 것으로."

결론을 내린 것은 운상이었다.

그는 심각한 얼굴로 두 사람의 대화를 듣다가 결론을 내린 후 다시 입을 꾹 닫았다.

유쾌하지 않은 결론.

웃으며 받아들일 수 없는 결론의 끝은 언제나 침묵이다.

간양 시내에 나가 이곳저곳을 돌아다니며 구경하던 운호 일행이 월운장으로 되돌아온 것은 밤이 어둑해진 유시 무렵이었다.

재워주는 것도 고마운데 얻어먹기까지 할 수 없다는 운여의 주장에 그들은 객잔에서 저녁을 해결하고 돌아왔다.

그러나 돌아왔을 때 객방은 묘한 긴장감에 사로잡혀 있었다.

월운장 객방의 대부분을 차지하고 있는 자들이 풍검문 무인들이라는 걸 사전에 인지하고 있었지만 그들과 문제가 생길 거라고는 생각하지 않았다.

먼저 시비를 걸어오지 않는 한 조용히 머물다 가려 했다.

하지만 세상일은 언제나 예상처럼 흘러가지 않는 모양이다.

바로 지금처럼.

마당에는 오 척이 조금 넘는 사내가 홀로 서서 그들을 기다리고 있었다.

하지만 운호 일행을 압박해 온 기세는 사내 하나만의 것이 아니었다.

모든 객방에서 기세를 풀어놓았다.

만약 무슨 일이 생긴다면 즉각 방문을 부수고 튀어나올 것으로 여겨지는 날카로운 기세가 전 객방에서 스멀거리며 움직이고 있었다.

결코 호의에서 비롯된 기세가 아니었다.

거의 오십에 달하는 무인의 기세는 마당을 휩쓸고도 남았다.

그러나 상대는 황수전투에서 홀로 적진을 돌파한 운호였다.

"우리를 기다리셨소?"

"그대가 마검이오?"

"남들이 그렇게 부르더이다."

"나는 석천이란 사람이오. 들어보셨는지 모르겠소."

"풍검문에 귀검이 있다고 하던데 그대인 모양이오."

의외의 인물.

당운영과 내일 혼인해야 되는 사내가 갑자기 찾아왔다는 건 분명 자신에 대해서 안다는 뜻이다.

그랬기에 운호는 말을 아꼈다.

함부로 말을 하거나 행동하게 되면 자칫 당운영에게 피해가 돌아갈 수 있기 때문이다.

"이런 기회가 오기를 바랐소. 당 소저의 마음을 훔친 사람이 누구인지 너무나 궁금해서 오지 않을 수 없었소."

"나와 당 소저는 아무런 사이도 아니오. 내가 그녀를 본 것은 단 세 번뿐인데 어찌 마음을 훔칠 수 있겠소. 모두가 헛된 소문에 불과하오."

"정말이오?"

"그렇소."

단호한 운호의 대답에 석천의 얼굴에 미묘한 웃음이 떠올랐다.

그는 미소를 지은 채 한동안 운호를 바라보았다.

황보혜의 말처럼 잘생기지 않은 얼굴이다.

더군다나 키가 작고 체격도 왜소해서 등에 멘 검만 아니라면 시장통 어디서나 볼 수 있을 법한 사내였다.

그런 사내가 한 발 앞으로 다가서자 산이 움직이는 것처럼 엄청난 압박감이 몰려왔다.

고수다. 그것도 수준을 측정하기 어려울 만큼.

분명 일부러 걸음을 옮겼을 것이다.

칠절문과의 전쟁에서 마검의 명성은 중천의 태양처럼 찬란하게 떠올라 전 중원에 알려진 지 오래였다.

젊은 무인들에겐 우상이었고 또 어떤 무인들에겐 질시의 대상이 되었다.

누구에게도 지지 않는다는 자신감을 지닌 무인들은 대부분 후자의 경우에 포함된다.

그들 역시 한때는 어떤 이들의 우상이었을 테지만 마검의 존재로 인해 그 명성을 넘겨줘야 했을 것이다.

그리고 그중 하나가 석천이다.

석천의 한 걸음은 단순한 한 걸음이 아니었다.

그 한 걸음에 생사가 결정되니 석천의 접근은 도발에 가까운 것이다.

하지만 운호는 꼼짝도 하지 않은 채 석천의 얼굴에서 시선을 떼지 않았다.

석천이 산이라면 운호는 끝이 없는 대해였다.

"마검의 명성이 하늘을 찌른다더니 정말 대단하오."

"온 이유나 말하시오."

"아까도 말했지만 그대가 보고 싶어 왔을 뿐이요. 당 소저와의 관계를 알고 있는데도 그대는 그렇지 않다고 하는구려. 하지만 상관없소. 그대의 말이 거짓이라면 나는 정말 행운아란 생각이 들기 때문이오."

"무슨 뜻이오?"

"사랑한 여인의 행복을 위해 거짓말까지 하는 사내에게서 그녀를 얻었으니 내가 어찌 행운아가 아니겠소."

"무례하군. 볼일을 다 봤으면 그만 돌아가 주시오. 하루 종일 돌아다녔더니 피곤해서 쉬어야겠소."

"그러리다. 하나 이 말을 꼭 하고 가야겠소. 그녀를 한평생 사랑하며 살겠소. 그러니 그대는 마음 놓고 떠나도 되오. 언젠가 그녀가 보고 싶을 때가 있거든 풍검문으로 찾아오시오. 내 그대를 반갑게 맞아주리다."

"절대 그럴 일은 없을 것이오. 다시 말하거니와 나는 그녀와 아무런 상관이 없는 사람이니 말이오."

운호는 말을 끊어버리고 돌아섰다.

더 이상 대화를 하고 싶지 않았고 해서도 안 되는 사람이다.

방으로 들어와서야 깊은 한숨을 내쉬었다.

이젠 되었다.

일부러 만난 것은 아니었으나 석천을 보게 되자 그동안 가슴을 답답하게 만들었던 불안감이 한꺼번에 수그러들었다.

사람은 눈을 보면 그 성격을 알 수 있다고 했다.

운호가 본 석천은 황보혜의 말대로 우직한 성격을 지녔고 표리부동과 거리가 먼 사람으로 보였다.

그럼에도 그녀와 아무런 관련이 없다고 말한 것은 사람의 일이 어떻게 변할지 알 수 없기 때문이다.

어떠한 일이 있어도 자신으로 인해 그녀가 불행해지는 빌미는 만들고 싶지 않았다.

당운영을 한평생 사랑하며 살겠다는 그의 말이 자꾸 머릿속을 맴돌았다.

아쉽고 아프다. 그러면서도 안심이 되는 것은 그가 그녀를 진정으로 사랑하는 것처럼 보였기 때문이다.

이제 이 아쉬움과 아픔을 뒤로하고 그녀를 보내줘야 한다.

사랑하는 그대여, 이젠 정말 안녕.

아주 길고 긴 잠을 잤다.

며칠 동안 불면으로 뒤척이며 잠을 이루지 못했는데 눈을 떠보니 벌써 아침이었다.

운상과 운여는 어느새 일어나 떠날 준비를 마친 채 그가 깨어나기를 기다리고 있었다.

"일어났냐?"

"너희 벌써 준비 끝낸 거야?"

"해가 중천이다. 시체처럼 자서 안 깨웠다."

"그래, 오랜만에 푹 잔 것 같다."

"일어나서 준비해. 이제 떠나야 하니까."

운상의 말에 운호는 자리에서 일어나 세면을 하고 출발 준비를 했다.

당운영의 혼인식은 사시 말에 시작된다고 했으니 아직 시간은 남아 있었으나 일행은 서둘러 움직였다.

그러나 서두른 것은 운호 일행만이 아닌 모양이다.

황보혜에게 고맙다는 인사를 하기 위해 집사를 찾았으나 그녀는 벌써 당문으로 출발한 상태였고, 객방을 나서자 그토록 많던 사람이 하나도 보이지 않았다.

황보혜는 당운영의 둘도 없는 친구이니 들러리를 해주기 위해서라도 일찍 출발할 수밖에 없었고, 풍검문의 무인들은 하객이면서 석천을 호위하기 위해 온 자들이니 분명 아침 일찍 석천과 함께 당문으로 향했을 것이다.

간단하게 짐을 꾸리고 간양으로 향했다.

당문은 월운장과 정반대 방향에 있기 때문에 간양 시내를 통과해야만 한다.

시간에 여유가 있어 서두르지 않았음에도 당문에 도착했을 때는 이제 막 사시가 되었을 뿐이다.

수없이 많은 사람이 당가타로 이동하고 있었다.

거의 축제나 다름없는 혼인식.

당문은 풍검문과의 혼인으로 인해 강력한 조력자를 얻게 되었다.

그것은 사천에서의 영향력이 드디어 청성을 넘어서게 되었다는 걸 의미했기에 당문의 수뇌부는 이번 혼사를 위해 엄청난 자금과 인원을 투입했다.

유례를 찾아보기 힘들 정도로 화려한 행사.

혼인식에 버금가는 식전 행사가 도처에 마련되어 하객들을 즐겁게 만들었고, 어디서나 음식을 먹을 수 있도록 준비해 사람들의 얼굴에는 웃음이 떠나지 않았다.

이번 혼인식을 통해 당문의 위세를 사천은 물론 중원 전역에 알리기 위한 기회로 삼으려는 것이 분명했다.

모든 행사는 혼인식의 시작을 알리는 징소리와 함께 일시에 정지했다.

예식장은 당가타 외당에 마련되어 있었고, 각종 행사를 구경하던 사람들이 한꺼번에 몰려 인산인해를 이루었다.

초례청 중앙에 설치된 교배상으로 신랑인 석천이 동쪽에 나와 섰고, 곧이어 당운영이 서편으로 나와 마주 보고 섰다.

신랑과 신부가 맞절하는 교배례가 이어진 후 술을 나눠 마시고 백년해로를 다짐하는 합근례가 뒤를 따랐다.

당운영은 다소곳하게 서서 도와주는 사람들의 손길에 의지하며 하나씩 절차를 이행해 나갔다.

그녀의 모습이 마치 그림처럼 아름다웠다.

면사에 가려 얼굴을 볼 수 없으나 운호는 하염없이 그녀를 바라봤다.

수많은 생각과 그리움, 살면서 처음 느낀 감정, 그녀의 웃음과 눈물이 하나씩 머릿속을 스치며 지나갔다.

그러나 이제는 모두 잊어야 하는 것들이다.

운호가 그녀에게서 시선을 뗀 것은 당운영이 합근례를 위해 표주박에 담긴 술을 입으로 가져갈 때였다.

"가자."

"응?"

"이제 가자."

"정말 가지고?"

"그래."

놀라는 운상과 운여를 향해 싱긋 웃어준 운호가 먼저 움직였다.

천근보다 무겁다는 미련이 그의 발걸음을 잡았으나 운호는 그 미련을 모두 이곳 당가타에 남겨두고 성큼성큼 발걸음을 떼었다.

그에게는 그보다 훨씬 더 무거운 사문의 명이 남아 있기 때문이다.

운호 일행이 처음부터 성도를 목적으로 삼은 이유는 능외쌍마 손칠(孫七), 손평(孫平) 형제와 귀영신마 우쟁휘(宇爭輝)의 행적 때문이었다.

명부에는 그들의 최근 행적이 성도였다고 적혀 있었다.

사문에서는 운호 일행에게 줄 명부를 작성하느라 매우 고심한 것이 틀림없었다.

명부에는 마흔세 명의 명호와 이름, 최근 행적, 그리고 그들의 죄목이 샅샅이 적혀 있었는데 얼마나 세세한지 직접 눈으로 본 것처럼 느껴질 정도였다.

능외쌍마의 죄는 살인과 강간.

마음에 들지 않는 자들은 이유를 불문하고 죽였고, 수시로 회가 동할 때마다 서슴없이 강간을 저질렀다.

그들의 손에 죽은 사람의 숫자는 의심 가는 것만 헤아려도 족히 백은 넘는다고 했으니 그들의 악행이 얼마나 대단했는지 충분히 알 수 있다.

간양에서 성도까지는 백 리에 불과했지만 무후사(武侯祠)와 청양궁(青羊宫)을 구경하고 오느라 운호 일행이 도착했을 때는 해가 완전히 진 후였다.

화려한 불빛의 향연.

사천에서 가장 큰 도시답게 성도는 지금까지 봐온 어떤 도시보다 압도적인 규모와 화려함을 자랑하고 있었다.

인구는 십만 호에 달했고 사천 서부평원의 중심지에 위치해 물산이 풍부했으며, 교역이 발달했기 때문에 언제나 활기에 넘쳤다.

더 중요한 것은 성도가 청성과 근접 거리에 위치해 있다는 것이었다.

탕마행의 목적은 크게 두 가지.

하나는 사마 척결을 통해 사문의 명예를 드높이는 것이고, 또 하나는 강호의 인사들과 친분을 나눠 인맥의 폭을 넓힘과 동시에 강호 견문을 확대하는 것이었다.

운호 일행이 금룡표국을 찾은 것은 후자의 이유와 능외쌍마의 행적으로 인해서였다.

명부에 따르면 가장 마지막으로 피해를 입은 곳이 금룡표국이라 적혀 있어 늦은 밤임에도 찾을 수밖에 없었다.

금룡표국은 성도를 대표하는 표국이었는데 청성의 속가제자인 광한검 현천우(玄天雨)가 세워 지금까지 이십 년간 운영되어 왔다.

광한검은 청성의 일대제자와 배분이 같은 절정의 검객이었다.

굳게 잠긴 문을 두들기는 운상의 얼굴이 밝지 못했다.

너무 늦은 방문은 자칫하면 문전박대를 당할 염려도 있었다.

그러나 다행스럽게도 문이 열린 것은 그리 오래 걸리지 않았다.

육중한 대문이 열리고 표사로 보이는 무인들이 검을 든 채 운호 일행 앞으로 나섰다.

"무슨 일이시오?"

"국주를 뵈러 왔소. 점창에서 왔다고 전해주시오."

"점창!"

운상의 말에 맨 앞에 선 말상의 사내가 깜짝 놀란 표정을 지었다.

점창은 이년 전 황수전투에서 막강한 전력으로 칠절문을 격파함으로써 세상을 경악케 한 문파이다.

그런 곳에서 야밤에 갑자기 찾아왔으니 너무 놀라 입이 다물어지지 않았다.

하지만 말상사내는 곧 평정을 되찾고 정중하게 입을 열었다.

"안채에 기별을 넣을 테니 잠시만 기다려 주시오."

말상사내의 지시에 급히 전갈을 전하러 들어갔던 표사가 다시 나온 것은 불과 반각이 지나지 않아서였다.

표사는 기골이 장대한 사내를 대동하고 있었는데 그는 운호 일행 앞으로 대뜸 나서며 예를 표했다.

"저는 표두 황충이라 하오. 국주께서는 안에서 기다리고 계시니 제가 모시겠소."

"고맙습니다."

지금까지 앞에 나서 대화를 시도한 운여가 황충에게 고마움을 표시했다.

그러자 황충은 마주 허리를 숙인 후 먼저 발걸음을 떼었다.

금룡표국의 규모는 상당했다.

사람이 사는 전각과는 별도로 표물을 보관하는 창고가 이십 동에 달했고, 마사도 일곱 동이나 지어져 오십여 마리나 되는 말을 관리하고 있었다.

중앙에는 커다란 연무장이 별도로 마련되어 있었는데 황충은 연무장을 가로질러 중앙에 있는 거대한 전각으로 운호 일행을 안내했다.

접견실로 보이는 곳으로 황충이 안내해서 들어가자 기다리고 있던 모양인지 두 사람이 자리에서 일어서는 것이 보였다.

호랑이상의 얼굴을 지닌 노인이 바로 광한검 현천우였고, 좌측에 선 사내는 총표두 황학이었다.

현천우는 들어오는 자들의 면면을 확인하고는 얼굴을 슬쩍 찌푸렸다가 금방 다시 폈다.

운호 일행의 나이가 너무 젊기 때문이었는데, 그는 강호의 노회한 늑대답게 즉시 표정을 고친 후 온화한 웃음을 지었다.

"어서 오시오. 내가 국주인 현천우요."

"밤이 늦었는데 실례를 무릅쓰고 왔습니다. 양해하시기를. 저는 점창에서 온 운호입니다. 이쪽은 운상이고 저 사람은 운여라고 하지요."

"점창마검! 그대가 정녕 마검 운호란 말이오?"

"그렇습니다."

운호의 정체를 확인한 현천우가 그동안의 여유로움을 지

워 버리고 와락 긴장된 표정을 얼굴에 띠었다.

마검의 명성은 자신의 것과는 비교조차 되지 않는다.

놀란 것은 옆에 있는 총표두 황학도 마찬가지였는지 그의 얼굴은 노랗게 변해 있었다.

그는 표행을 하면서 워낙 마검에 대한 소문을 많이 들었기 때문에 황수전투에서 보인 활약을 줄줄 꿰고 있어 충격이 더 한 것 같았다.

먼저 정신을 차린 것은 현천우였다.

"허어, 이런 정신을 봤나. 일단 앉으십시다."

급히 자리를 권한 현천우는 운호 일행이 모두 자리에 앉자 따라 들어온 황충을 향해 급히 차를 준비해 달라고 지시했다.

사실 점창에서 왔다는 보고를 받았지만 그는 대충 상대한 후 돌려보내려 했다.

어떤 일로 왔는지 모르나 지금은 시간을 허비할 만큼 상황이 좋지 않아 차도 준비시키지 않았다.

그러나 그 생각은 이미 하늘 저편으로 날아간 지 오래였다.

다른 누구도 아니고 상대는 천하에 쩌렁쩌렁한 위명을 떨치고 있는 마검이었다.

그런 마검을 차도 대접하지 않고 문전박대한다는 것은 결코 있을 수 없는 일이었다.

현천우의 입이 다시 열린 것은 시녀가 차를 모든 사람의 잔에 채우고 물러선 후였다.

"천하의 마검께서 어인 일로 금룡표국을 방문하셨소?"
"당분간 신세를 졌으면 해서 왔습니다."
"신세라면, 여기서 묵겠다는 뜻이오?"
"그렇습니다."
"이유를 물어도 되겠소?"
"저희가 온 이유는 능외쌍마를 잡기 위해섭니다."
운호의 대답에 현천우의 얼굴이 또다시 변했다.
그의 얼굴은 오늘따라 예상 밖의 상황으로 인해 평정을 유지하지 못하고 계속 변했다.
"금룡표국이 능외쌍마와 관련 있다는 것을 어디서 들으셨소?"
"저희는 그 출처를 알지 못합니다. 다만 그들이 금룡표국을 지속적으로 괴롭히고 있다는 정보만 확인했을 뿐입니다."
"그렇구려."
"만약 그것이 잘못된 정보라면 저희는 돌아가겠습니다."
"아니오. 그렇지 않아도 그자들 때문에 방금까지 회의를 하고 있었소. 금룡표국이 그들로 인해 커다란 곤란에 빠진 것은 사실이오."
"그렇다면 저희가 도와드리지요."
"그런데 점창에서 그들을 잡으려는 이유가 뭔지 알 수 있겠소?"
당연한 의문이다.

난데없이 나타나 능외쌍마를 잡겠다는 점창의 의도는 절대 이해되지 않는 일이었다.

더군다나 출처도 명확하지 않은 정보를 가지고 직접 찾아왔다는 것 또한 마찬가지였다.

하지만 현천우는 차분한 어조로 입을 연 운여의 설명을 다 듣고 나서야 무릎을 치며 기꺼운 얼굴을 했다.

탕마행 같은 것이라면 청성에도 있기 때문이다.

"점창의 뜻은 잘 알겠소. 아직 저녁 식사도 못하신 것 같으니 오늘은 일단 쉬고 내일 이야기합시다. 어떻소?"

"그리 배려해 주시면 고마울 따름입니다."

오랜 여행으로 인해 먼지가 묻은 옷을 확인한 현천우가 눈치 빠르게 제안하자 운여가 즉시 화답했다. 고마운 일이 아닐 수 없었다.

운호 일행이 총표두 황학을 따라 접견실을 나서자 현천우는 직접 따라 나와 배웅했다.

그가 접견실로 다시 돌아온 것은 운호 일행의 모습이 완전하게 시야에서 사라지고 나서였다.

접견실로 돌아온 현천우가 자신의 자리에 앉아 식은 차를 한 모금 마셨을 때 반대쪽 문이 열리며 두 명의 남녀가 들어왔다.

전혀 예상외의 인물들. 바로 운호가 자공에서 만난 청성일미 한설아와 광검 백건이었다.

그들은 자연스럽게 현천우의 맞은편에 다가와 앉았는데 이전부터 와서 기다리고 있었던 모양이다.

먼저 입을 연 것은 백건이었다.

그는 여전히 차가운 인상이었고 여전히 날카로운 예기가 전신에서 흘러나왔다.

"탕마행이라……. 점창이 이제 여력이 남아도는 모양입니다."

"그런가 보군."

"사형께서는 그들을 이용하실 생각입니까?"

"도와주겠다고 찾아왔는데 내칠 이유가 뭐 있겠나. 상황이 좋지 않으니 이것저것 따질 계제가 안 된단 말일세. 자네들이 있어 다행이지만 능외쌍마 외에 다른 자들이 따라붙는다면 낭패를 당할 수도 있으니 그들에게 도움을 청할 생각일세."

"제 생각도 그래요. 그들이라면 이 난관을 극복하는 데 커다란 도움이 될 거예요."

현천우의 말을 들은 한설아가 곧바로 나서며 당연하다는 표정을 지었다. 그녀는 백건과는 다르게 기대에 찬 시선으로 현천우를 바라보았다. 얼굴에는 의미 모를 미소도 함께 담겨 있었다.

금룡표국이 능외쌍마로부터 공격을 당하기 시작한 것은

한 달 전부터였다.

모두 세 번의 표행이 털렸고 이십여 명이 그들의 손에 죽었다.

표국에서 일하는 표두나 표사들은 목숨을 잃는 경우가 거의 없다.

산적들이나 도적을 만나도 타협을 통해 일정 부분의 금액만 전하면 대체적으로 무사히 통과하기 때문에 싸움은 쉽게 벌어지지 않는다.

아주 가끔 협상이 이루어지지 않아 싸움이 벌어지는 경우도 있지만 그럼에도 살인까지 가는 경우는 드물었다.

어차피 표물이 목적이니 사람까지 해할 이유가 없을 뿐만 아니라 목숨을 뺏으면 곤란한 일이 발생하기 때문이다.

표국이 힘이 없어 당하는 경우는 거의 없다.

대부분의 표국은 강력한 문파의 속가들이 운영하는 경우가 대부분이기 때문에 스스로의 힘도 만만치 않을 뿐만 아니라 자체적으로 처리하지 못하는 사태가 벌어지게 되면 뒷배가 움직이게 된다.

따라서 표물을 노리는 자들의 행동은 극도로 조심스러울 수밖에 없다.

결국 사람을 죽인다는 건 돈 몇 푼 벌어보겠다고 무리 전체의 목숨을 내놓는 거나 다름없는 일이기에 아주 특별한 경우가 아니면 그런 짓을 하지 못했다.

그러나 능외쌍마는 서슴없이 세 번에 걸쳐 스물세 명이나 되는 자를 모두 죽여 버렸다.

한 편의 지옥도.

잘린 육신과 피로 물든 현장에는 풀어헤쳐진 표물만이 덩그러니 놓여 있었다고 한다.

표물이 그대로 있다는 것은 흉수가 원하는 물건이 아니라는 뜻이기에 금룡표국은 더욱 커다란 고민을 떠안아야 했다.

어떤 사건이든 목적을 알아야 대처가 가능한 법인데 현장에는 아무런 단서조차 남겨 있지 않았다.

현천우는 스스로의 힘으로 해결하기 위해 백방으로 뛰어다녔으나 세 번째 강탈사건이 벌어진 후에는 결국 청성으로 파발을 띄워야 했다.

목적은 둘째치고 더욱 중요한 흉수의 정체를 뒤늦게 알아냈기 때문이다.

처음에는 누가, 왜, 무엇 때문에 그런 짓을 했는지 몰라 애를 태웠다. 그러나 거금을 주고 얻은 하오문의 정보에서 흉수가 능외쌍마라는 것을 알아낸 후로는 마음을 옥죄는 긴장감 때문에 잠을 못 잘 지경이었다.

단순한 도적이나 산적이라면 모를까, 능외쌍마라면 금룡표국 자체의 힘으로는 상대하기 버거웠다.

정보의 핵심은 취합과 분석이다.

사건을 직접 목격하지 못했다 해도 그 주변에서 활동하던 인물들의 행동을 면밀히 분석하면 얻고 싶은 정보를 얻어낼 수 있는데 하오문은 그런 방면에 탁월한 능력을 가졌다.

하오문의 정보는 개방과 쌍벽을 이룬다고 알려졌지만 정보의 질적인 면에서는 오히려 더 우수하다는 평가를 받기도 했다.

세 번의 표행은 경로도 달랐고 표물의 내용도 모두 달랐다.

그러나 공통점이 있었으니 바로 표물의 주인이 사천제일 거상으로 꼽히는 희목염(希睦艶)이라는 것이었다.

금룡표국에서 운반하는 표물의 삼분지 일이 희목염의 천문상단에서 나온다.

그 말은 희목염이 금룡표국의 최대 손님임과 동시에 목숨줄을 쥐고 있는 고객이란 뜻이다.

무슨 수를 쓰더라도 최대한 빨리 해결하지 않으면 희목염은 금룡표국에 더 이상의 표물을 맡기지 않을 수도 있었다.

그리 되는 순간 금룡표국은 개국 이래 최대의 위기에 처하게 된다.

능외쌍마의 목적은 과연 무엇일까?

능외쌍마와는 아무런 원한을 지은 적이 없다.

물론 놈들의 악행이 어떤 원한 때문에 이루어지는 건 아니지만 그럼에도 이유는 있어야 한다. 그런데 자신과 금룡표국은 아무리 생각해 봐도 놈들과 엮일 만한 것이 없었다.

그렇다면 놈의 움직임은 희목염이 목적이란 얘기가 되지

만 그마저도 확실치가 않으니 답답함만 더할 뿐이었다.

능외쌍마.

폭급한 성격과 절세의 무공으로 사천, 감숙, 귀주를 휘저으며 수많은 사람을 살해한 절정고수들이다.

청성에서 수학하며 나름대로 절정의 반열에 들었지만 능외쌍마는 자신 혼자 상대할 수 있는 자들이 아니었다.

그랬기에 본산에 연락을 취해 지원군을 요청했다.

광검 백건과 한설아가 도착한 것은 어제 점심 무렵이었다.

청풍팔검의 일인인 백건과 청성십팔수에 포함된 한설아는 충분히 능외쌍마와 자웅을 겨룰 만큼 대단한 실력을 가졌다. 그러나 현천우의 얼굴은 근심을 풀지 못하고 계속해서 굳어 있었다.

하오문이 비밀리에 보내온 문서에는 귀영신마 우쟁휘(宇爭輝)와 금마혈번 모사충(毛巳沖)이 혈사가 벌어진 인근에서 모습을 보였다는 정보가 쓰여 있었다.

물론 하오문은 혈사의 주체를 능외쌍마로 단호하게 한정지었지만 강호의 오래된 늑대 현천우의 감각은 비상종을 계속 울리고 있었다.

만약 그들의 가세가 현실이 된다면 금룡표국은 물론이고 백건과 한설아조차 무사하기 힘들 터였다.

금마혈번 모사충은 강북십마의 일인으로 백건이나 한설아와는 근본적으로 격이 다른 마두였다.

성도의 날씨는 무더운 운남에 비해 훨씬 시원했고 아침저녁이면 서늘하기까지 했다.

그렇다고 추운 것은 아니었기에 운호는 세면을 마친 후 표국의 대문을 나섰다.

금룡표국에서는 일행에게 각각 방을 배정해 주었기 때문에 운호는 운상과 운여의 감시에서 벗어나 홀가분하게 산책을 나설 수 있었다.

아침의 상쾌한 바람이 귓가를 스치며 지나갔다.

그 바람을 맞으며 운호는 천천히 걸어 금룡표국 외곽을 가로지르는 관도로 나갔다.

관도는 끝없이 이어져 성도의 중심가로 뻗어 있었고, 아침임에도 제법 많은 사람이 오가고 있었다.

정말 어마어마한 규모의 도시였다.

지금까지 가본 도시 중 가장 큰 곳은 자공이었는데 성도는 자공에 비해 다섯 배는 더 커 보였다.

산에서만 자란 그에게 세상이 보여주는 놀라움은 이루 헤아릴 수가 없었다.

사람 사는 도시가 그랬고, 여행하면서 본 온갖 절경과 유적지는 모두 충격이었다.

아침 일찍 일어나 이렇게 산책하는 걸 즐기기 시작한 것은 세상에 나온 이후부터이다.

산책은 바쁜 일상에서 보지 못한 것들을 하나씩 보여줘 즐거움을 갖게 만들곤 했다.

거의 반 시진가량 걷던 운호가 천천히 몸을 돌린 것은 누군가가 자신을 따라온다는 느낌이 들었기 때문이다.

그리고 그 느낌은 정확히 맞았다.

"아니, 소저께서는……?"

"그동안 잘 지내셨나요?"

자연스러운 인사.

따라온 것을 들켰으면 얼굴이라도 붉혀야 할 텐데 한설아는 전혀 그런 기색을 보이지 않고 반가운 웃음을 지었다.

오히려 당황한 것은 운호였다.

한설아는 여전히 아름다워 눈이 부실 지경이었다.

"산에서만 지내던 사람이 무슨 일이 있었겠소. 나는 잘 지냈소."

"질문이 조금 이상했나요?"

"아니요. 그럴 리가 있겠소. 그저 처지가 처지이다 보니 그리 대답했을 뿐이오."

"호호, 여전히 솔직하시군요. 마검의 위명은 귀가 따갑게 들었답니다."

"이제 믿는 거요?"

"그때는 그럴 수밖에 없는 이유가 있었잖아요. 혹시 그것 때문에 마음이 상한 건 아니죠?"

"나는 그렇게 속이 좁은 사내는 아니오. 그런데 어인 일로 이 새벽에 혼자 나오셨소? 어딜 가는 길이오?"

"아뇨. 공자님 산책 나오는 거 보고 따라 나온 거예요."

사천을 들었다 놨다 한다는 미녀의 입에서 나올 이야기는 아니었지만 한설아는 태연하게 말하며 운호를 똑바로 쳐다봤다.

거의 도발적인 시선이다.

무력으로 따진다면 그 누구와 붙어도 자신 있는 운호였지만 여인의 눈빛 공세를 막아내기는 역부족이었다. 그랬기에 슬며시 그녀의 눈길을 피하며 입을 열었다.

"무슨 말씀인지 잘 모르겠구려."

"금룡표국에 주무셨잖아요. 저도 거기 머물고 있거든요."

"정말이오?"

"광한검께서는 청성의 문하세요. 점창에서 알고 온 일을 청성에서 모를 리가 없죠."

"그래서 도와주러 오신 거요?"

"청성의 일이니까요."

"음……."

운호의 입에서 메마른 신음 소리가 새어 나왔다.

미처 생각하지 못한 일이다.

금룡표국이 청성과 연관되어 있다는 사실은 명부에 적혀 있지 않았다.

물론 강호 경험이 풍부했다면 사전에 금룡표국부터 조사를 하고 나서 움직였을 터였다. 그러나 운호 일행은 초출이나 다름없었으니 빼먹고 흘린 것이 사방에 널려 있었다.

막상 한설아의 말을 듣고 나자 당황스러움이 몰려왔다.

금룡표국이 청성의 속가이고 청성 본산에서 지원하기 위해 내려왔다면 점창이 끼어들 일이 아니기 때문이다. 신중하게 생각하고 움직일 필요성이 있었다.

"청성에서는 몇 명이나 내려오셨소?"

"사형과 저 둘이 왔어요."

"사형이라면?"

"왜 예전에 자공에서 한 번 만났잖아요. 광검 백건."

"그렇구려. 이제 생각나오."

"예전에 있었던 일 잊었죠?"

한설아의 질문에 운호는 즉각 대답하지 않고 그녀의 눈을 살폈다.

무슨 의도로 한 질문인지 알 수 없었기 때문이다.

그러다 문득 그 당시 백건의 무례함이 떠올랐다.

한설아는 운호가 아직까지 그때의 불쾌함을 가진 건 아닌지를 묻고 있는 것이다.

"몰라서 한 실수는 당연히 잊을 수 있소. 하지만 힘이 없다는 이유로 무조건 타인을 멸시하는 것은 용서할 수 없는 일이오. 아직까지 그가 그런 마음을 가지고 있다면 나는 그를 상대하지 않을 생각하오."

"저희 사형은 원래 그런 사람이 아니랍니다. 성격이 조금 급할 뿐이에요."

"그렇다면 다행이구려. 그나저나 청성이 나섰으니 우리 입장이 곤란하게 되었소. 현 국주께서는 도와달라고 하시던데 청성의 입장은 어떻소?"

"저희는 소협이 나서주기를 바라고 있어요. 능외쌍마의 무력이 생각보다 훨씬 강하고 현장 조사 결과 조력자가 있는 것으로 추측되었어요. 그자들은 사람들을 함부로 죽이는 마두예요. 무림 정의를 위해 하는 일인데 문파를 내세울 수는 없다는 게 저의 생각이랍니다."

"현명한 생각을 가지셨구려."

"별말씀을요. 그런데 같이 오신 분들은 친구 분이신가요?"

"그렇소."

"그분들도 황수에 있었나요?"

"점창인치고 황수와 관련 없는 사람은 없지요."

"무슨 말씀인지 알겠네요. 이제 표국으로 돌아가실 거죠?"

"그럴 생각이었소. 소저께서는……."

"저도 이제 돌아가려고요. 가면서 이야기나 해요, 우리."

"아, 네."

'우리' 라는 말에 흠칫 놀란 운호가 뒤늦게 대답을 했다.

그 모습을 보며 한설아의 얼굴에 미소가 피어올랐다.

예전처럼 여전히 순진하다.

여자는 남자의 순진함을 보면 오히려 더 대담해진다는데 한설아도 마찬가지였다.

"오랜만에 다시 만났는데 반갑지 않았나요? 난 무척 반가웠는데."

"아, 그게… 나도 반가웠소."

"정말이죠?"

얼떨결에 대답한 운호를 향해 그녀가 활짝 웃으며 반문했다.

그녀는 운호의 대답이 무척 흡족한 모양이었다.

표국으로 다시 돌아왔을 때 운상과 운여는 눈을 부릅뜨고 운호를 노려봤다.

불과 며칠 전까지만 해도 사랑의 신파극을 펼치며 다 죽을 것처럼 빌빌대던 놈이 갑자기 선녀처럼 아름다운 여인을 옆에 매달고 나타났으니 미치고 펄쩍 뛸 노릇이었다.

잘못 봤을지도 몰라 열심히 눈을 비벼봤지만 앞에 나타난 놈은 운호가 분명했다.

"어디 갔다 오냐?"

"산책."

"그런데 왜 도둑고양이처럼 다녀? 뭐 잘못한 거 있어?"

심문하듯 덤비는 운상과 운여의 태도에 운호가 황당한 표정을 지었다. 그러다 놈들의 눈이 한설아에게 가 있는 걸 확인한 후에서야 쓴웃음을 지었다.

"인사해라. 청성에서 오신 분이다."

"청성?"

운호의 소개에 두 사람의 입에서 동시에 반문이 튀어나왔다.

전혀 예상 밖의 인물이기 때문이다.

그러나 한설아는 그들의 놀람과 상관없이 맑은 미소를 지으며 인사를 해왔다.

"처음 뵙겠어요. 저는 한설아라고 해요."

"음, 이제 보니 청성일미셨구려. 운호를 통해 귀가 따갑게 이야기를 들었습니다."

"정말요?"

한설아의 지체 없는 반문에 운호의 얼굴이 하얗게 변했다.

내용이 이상하게 흐르고 있었다.

그러거나 말거나 운상과 한설아는 열심히 대화를 지속해 나갔다.

"그런데 아침부터 다정하게 두 분이 어딜 다녀오시오?"

"산책이요."

"그렇구려. 두 사람이 들어오는데 꼭 한 폭의 그림을 보는 것 같았소."

"그렇게 잘 어울렸어요?"

"뭐, 말이 그렇다는 것이요."

슬쩍 놀려보려 꺼낸 말에 한설아가 대뜸 화답하며 다가오자 운상이 오히려 주춤 뒤로 물러났다.

운호의 이야기로는 무척이나 예의 바르고 심성이 고운 여인이라고 들었는데 막상 부딪쳐 보니 성격도 무척 밝다.

운호 이놈, 여복은 타고난 모양이다.

능외쌍마 손칠(孫七), 손평(孫平) 형제의 고향은 원래 강서의 축천(逐川)이었다.

쌍둥이로 태어나 고아로 자라면서 사람들의 괄시와 냉대로 인해 심성이 비틀어진 그들이 송백신검 갈홍(葛鴻)의 제자가 된 것은 열 살 때의 일이다.

갈홍은 신문십삼검(神門十三劍)으로 당시 강서를 종횡하던 절정고수였는데 쓰레기를 뒤지던 손칠과 손평을 발견하고 집으로 데려와 제자로 삼았다.

사람의 본성은 숨긴다고 숨겨지는 것이 아니었다.

갈홍은 십여 년간 형제를 키우면서 밑바탕에 깔려 있는 그들의 흉성을 알아보고는 자신의 독문검법 후삼식을 전수하지 않았다.

선조의 검법으로 제자들이 혹시라도 강호를 어지럽힐까 두려웠기 때문이다.

그러면서도 그는 손칠 형제를 바른 길로 인도하기 위해 무진 애를 썼다.

기른 정이 낳은 정 못지않다고 하더니 갈홍은 그들의 성격에 문제가 있다는 것을 알면서도 내치지 못한 채 시간을 보내고 말았다.

하지만 그들 형제는 갈홍의 예측보다 훨씬 악독한 심성을 지니고 있었다.

비기를 전수하지 않고 시간을 끌자 몰래 국에 독약을 풀었다. 그리고 중독된 갈홍을 마당으로 끌어내어 사지를 잘라 죽여 버렸다.

평소 자신들을 혐오하던 갈홍의 딸을 번갈아 윤간한 후 목을 자른 것은 그들의 성격으로 봤을 때 어쩌면 당연한 짓인지도 몰랐다.

은혜를 원수로 갚은 자들.

마귀고 마두다.

그 후로 십여 년간 종적을 감추었다가 그들이 행적을 나타낸 것은 강서가 아닌 감숙이었다.

훔친 비급으로 신문십삼검을 완벽하게 익힌 그들은 감숙을 종횡하며 수많은 여인을 강간하고 수많은 무인을 죽였다.

이유가 있어서 그런 것이 아니었다.

자신들의 즐거움.

그렇다. 놈들은 살인과 강간을 통해 행복을 느끼고 있는 것이 틀림없었다.

인간으로서는 도저히 상상할 수 없는 짓을 서슴없이 저질렀으니 마두로 손색이 없는 자들이었다.

성도의 외곽에 세워진 작은 장원에 그들이 안개처럼 스며든 것은 오 일 전의 일이다.

그날로 장원에 살던 사람들은 싸늘한 시체가 되어 야산에 버려졌고 새로운 주인들이 속속들이 나타났다.

들어온 자들은 능외쌍마만이 아니었다.

무려 이십여 명의 흑건사내가 장원에 상주하며 경계를 섰고, 수시로 어딘가를 향해 분주하게 나가고 들어왔다.

더 이상한 것은 능외쌍마가 극도의 공경을 보이는 자들이 장원에 머물고 있다는 것이다.

숫자는 셋.

그들은 능외쌍마가 장원을 장악한 그다음 날 나타났는데 지금까지 한 번도 모습을 보이지 않고 있었다.

그럼에도 능외쌍마는 조심에 조심을 거듭하며 그들이 머무는 방 쪽으로는 얼씬도 하지 않았다.

공경을 넘은 두려움이 분명했다.

능외쌍마는 탁자를 사이에 두고 심각한 표정으로 마주 앉아 있었다. 얼굴에 검상을 입은 자가 형인 손칠이고 검은 안대를 한 자가 동생인 손평이었다.

으스스한 기운.

수많은 사람을 죽여본 자들에게서만 자연스럽게 흘러나오는 기운, 바로 살기였다.

"조만간 움직이겠지?"

"더는 못 참을 거야. 사천에서 그것을 옮길 수 있는 곳은 금룡표국뿐이다."

"천문상단은?"

"애들이 철저하게 감시하고 있으니 다른 짓은 하지 못해. 그놈들에게 주어진 시간은 이제 삼 일밖에 없다."

"평, 청성이 내려왔다. 알고 있지?"

"기껏 둘이라고 하더군."

"광검과 청성일미란다. 광검은 만만한 놈이 아니다."

"크크크, 광검은 신마나 혈번에게 맡기면 돼. 우린 사천제일미녀라는 한설아를 잡는다."

"흐흐, 그자들이 그렇게 해줄까?"

"통령께서 오셨는데 지들이 별수 있겠어?"

"하긴 그들이 있는데 통령께서 우리보고 광검을 잡으라고 하진 않을 테지. 그렇다면 우린 그년의 속살 맛을 볼 수 있겠구나."

"계획을 잘 세워야 할 거다. 시간이 많지 않을 테니."

"걱정 마라. 그게 내 주특기 아니냐."

“잘해. 다 된 밥에 코 빠뜨리지 말고.”

“금룡표국에 표사를 지원하는 놈들이 계속 들어오는 모양이다. 어제 저녁에도 셋이 왔다더군.”

“곧 죽을 놈들이지.”

“이번엔 피 맛을 제대로 보겠어. 더불어 속살까지 맛볼 테니 기대가 된다.”

손평의 말에 손칠이 이를 드러내며 히죽 웃었다.

놈의 입술은 검었고 잇몸은 여인내의 속살처럼 선홍색으로 빛나 꼭 요괴를 보는 것처럼 섬뜩했다.

운호 일행이 아침 식사를 마치고 차를 마실 때 어제 그들을 안내한 표두 황충이 국주가 찾는다는 전갈을 가지고 왔다.

그를 따라 회의실로 들어서자 네 사람이 앉아 있다가 일어서며 맞이했다.

현천우와 총표두 황학, 그리고 청성에서 온 백건과 한설아였다.

손님을 맞이하는 정중함.

현천우는 나이에 어울리지 않을 만큼 극도의 정중함으로 운호 일행을 맞아들였다.

“식사는 하셨소?”

“덕분에 잘 먹었습니다. 감사합니다.”

“별말씀을…….”

현천우가 허리를 가볍게 숙이며 겸양의 말을 흐리자 옆에 있던 백검이 틈을 타 입을 열었다.

"오랜만이오. 천하의 마검을 눈으로 보게 되어 영광이오."

"과하신 말씀이오."

"나는 입에 발린 이야기를 하지 못하오."

"그렇다면 고맙게 받아들이리다."

자공에서 봤을 때와는 확실하게 달라진 태도다.

여전히 살을 엘 듯한 날카로운 기세가 삐죽거리며 빠져나오고 있었지만 말투는 정중했고 그 내용도 예의를 벗어나지 않고 있었다. 그랬기에 운호는 마주 허리를 숙였다. 상대방이 예를 갖춰왔으니 뻣뻣하게 대할 이유가 없기 때문이다.

백건이 안부 인사를 하고 물러나자 현천우가 다시 나섰다.

"이리 모시게 된 것은 마검 일행께서 도와준다고 했기 때문에 그동안 벌어졌던 일을 알려주고 향후 계획을 논의하기 위함이오."

"그렇지 않아도 들어봐야 할 내용이었습니다. 주의 깊게 듣겠습니다."

"그럼 먼저 능외쌍마의 행적에 대해서 말씀드리지요. 그들이 맨 처음 나타난 것은 지금부터 한 달 전 충현이었소."

요약해서 이야기했는데도 단숨에 알아들을 수 있을 만큼 일목요연한 설명.

압축해서 말하는 능력으로 따진다면 타의 추종을 불허할

정도의 달변이었다.

현천우는 불과 일각 만에 설명을 마치고 운호 일행을 쳐다봤는데 궁금한 게 있으면 물어보라는 시선이었다.

운여가 나서며 입을 열었다.

"국주님께서는 직접 현장을 보셨습니까?"

"처음 두 번은 워낙 거리가 많이 떨어져 있었기 때문에 가보지 못했소. 하지만 마지막 달주(達州)는 내 눈으로 직접 확인했소."

"달주에서 표사 일곱과 표두 한 명이 죽임을 당했다고 했는데 그들의 상처를 확인했는지요?"

"그렇소. 모두 검에 당했고 상처 부위가 사혈이라 즉사를 면치 못했소."

"검상만 가지고는 알 수 없었을 텐데 능외쌍마의 짓이라는 건 어떻게 아셨습니까?"

"그건… 나중에 일이 끝나면 말해주리다."

운호 일행을 의심하는 건 아니었으나 여기서 하오문을 언급할 수는 없기 때문에 현천우는 슬그머니 말꼬리를 흐렸다.

하오문에서 정보를 얻었다는 건 청성에도 알려주지 않은 비밀이었다.

표국을 운용하기 위해서는 수많은 경륜과 인맥이 필요하고 그 못지않게 신뢰도 중요했다.

현천우가 하오문을 언급하지 않은 것은 바로 그런 이유 때문이었다.

이유가 있으니 말하지 않는다는 걸 단박에 눈치챈 운여가 슬쩍 말을 돌렸다.

주인을 곤란하게 하는 것은 손님의 도리가 아니었다.

"이야기를 듣다 보니 사람만 죽여 놓고 표물은 손을 대지 않았다고 했는데, 그렇다면 그자들은 금룡표국에 원한이 있는 건 아닙니까?"

"그건 아니오."

"어찌 그리 단정하십니까?"

"그 표물의 주인이 모두 한곳이기 때문이오."

"천문상단 말씀이지요?"

"그렇소."

"그들이 천문상단을 노린 것이라면 표물이 사라져야 정상입니다. 하지만 표물은 그대로 있고 표두와 표사만 죽었습니다. 누가 보더라도 이것은 금룡표국이 목표라는 생각이 듭니다."

"나도 처음엔 그리 생각했소. 하지만 천문상단의 대처를 보고 의심하기 시작했소. 천문상단은 그동안 우리에게 매달 수십 건의 표물을 운반시켰는데 한 달 전부터 서서히 그 수를 줄였소. 마지막 달주 사건 때는 단 한 건만 의뢰한 상태였소."

"표물의 수를 줄인 것이 사건과 연관이 있다는 뜻인가요?"

"그렇소. 아무래도 천문상단은 이런 일이 벌어질 거란 생각을 하고 있었던 것 같소."

"미끼를 계속 던진 것은 일을 크게 만들기 위함이란 얘기군요."

"그런 것 같소. 그들은 금룡표국이 전력을 다하길 바라는 모양이오."

"음, 그렇다면 지금까지는 간을 본 것이고 조만간 진짜 표물을 의뢰할 생각이겠죠."

"대단한 추리력이오."

"별말씀을……."

"오늘 아침 천문상단에서 표물을 의뢰해 왔소. 모두 다섯 개의 표물이고 의뢰 금액이 무려 만 냥씩이오. 지금까지 한 번도 없던 금액인데 천문상단은 표물의 내용을 알려주지 않고 무조건 운반해 달라는 제의만 해왔소."

"음, 동시에 다섯 군데란 말입니까?"

"방향도 전혀 다르고 거리도 천차만별이오."

"어려운 일이군요."

"거절했더니 천문상단은 단호하게 거래를 끊겠다고 알려왔소. 이대로라면 표국은 문을 닫아야 할 판이오. 천문상단에서 의뢰하는 표물이 끊어지는 건 견딜 수 있지만 겁을 내어 표물 운송을 거절했다는 소문이 퍼지면 금룡표국은 더 이상 영업을 지속할 수 없게 되오."

"방금 사형이 하신 말씀이 사실입니까?"

현천우와 운여의 대화를 그동안 조용히 듣고 있던 광검 백건이 눈을 부릅뜨며 나섰다.

그는 이런 내용을 처음 듣는 모양이었다.

백건이 안색을 굳히며 나서자 현천우가 당황한 표정을 지었다.

나이가 어릴 뿐 백건은 본산제자이자 청풍팔검에 속하는 청성의 대표적인 무인이니 속가인 자신이 쉽게 대할 상대가 아니었다.

더군다나 급한 마음에 미리 상의하지 못하고 점창인들과 같이 듣게 만드는 실수를 했다.

그랬기에 현천우는 미안한 표정으로 급히 변명을 했다.

"사제, 이 일은 아침에 일어난 일이라 미리 설명하지 못했네. 그러니 이해하게."

"상황이 그랬다면 그럴 수도 있지요. 하나 지금은 그게 중요한 게 아닙니다. 천문상단이 그리 나왔다면 대처가 달라야 합니다. 그들은 청성을 원하고 있기 때문입니다."

"무슨 소린가? 자세히 말해보게!"

"천문상단의 이번 의뢰는 금룡표국이 아니라 청성에게 한 것입니다. 따라서 신중하게 판단해야 된다는 뜻입니다."

"음……."

현천우의 입에서 깊은 신음 소리가 흘러나왔다.

운호 일행을 흘끗 쳐다보며 던진 백건의 말이 무얼 뜻하는지 이제야 명확해졌기 때문이다.

현천우는 마검의 등장으로 인해 더 이상 청성의 추가 지원을 생각하지 않았다.

그만큼 마검의 명성은 찬란했기에 불안함 속에서도 안정을 되찾을 수 있었다.

백건이 지금 말하고 있는 것은 바로 그것.

현천우의 마음을 질타하는 것이었다.

천문상단이 청성을 원한 이상 타 문파가 끼어드는 것을 용납하지 않겠다는 판단이다.

"사형, 청성의 일은 청성의 힘으로 처리해야 합니다. 바로 본산에 별도의 지원을 요청하겠습니다. 반나절 거리밖에 되지 않으니 오후 늦게면 지원 병력이 도착할 수 있을 것입니다."

"그래 준다면야……."

어두워졌던 현천우의 얼굴이 스르륵 풀렸다.

고집을 피우며 두 사람만의 힘으로 처리하겠다면 어쩌나 했는데 백건은 즉시 전서를 날리겠다며 결연한 의지를 보이고 있다. 참으로 다행스런 일이었다.

청성 본산의 병력이 추가로 내려온다면 이제 혈번과 신마의 존재도 노출시켜야 한다.

만약 그들이 능외쌍마와 관련 없다 하더라도 이리된 이상

판을 크게 벌릴 필요가 있었다.

"사제, 이왕 그리할 작정이라면 사숙들 중 몇 분이 나오셨으면 좋겠네."

"이유가 있습니까?"

"정보에 따르면 귀영신마와 금마혈번이 사천에 나타났다고 하네. 아무래도 난 그들이 능외쌍마와 한통속이란 생각이 드네."

"음……."

금마혈번이 나타났다는 현천우의 말에 백건의 입에서 깊은 신음 소리가 흘러나왔다.

혈번은 강북십마에 포함되는 절정의 고수로서 청풍팔검에 속하는 자신조차 그와 붙는다면 오십 초를 버티기 힘들다.

그는 한참 동안 생각에 빠졌다가 천천히 입을 열었다.

"사형, 사안이 너무 중해서 아무래도 제가 직접 본산으로 가야 될 것 같습니다. 늦어도 내일 아침까지는 도착할 테니 그때까지는 표물을 받지 마십시오."

"그래줄 텐가? 고마운 말일세."

백건을 주시하고 있던 현천우의 얼굴에서 안도의 한숨과 웃음이 동시에 흘러나왔다.

직접 본산에 가겠다는 말은 사안을 그만큼 중요하게 여긴다는 뜻이 된다.

세상에 쩌렁쩌렁한 명성을 날린 청성의 주력들이 오게 된다면 이 난관은 쉽게 극복할 수 있을 것이다.

백건의 시선이 천천히 돌아와 운호 일행에게 멈춘 것은 현천우의 웃음이 멈췄을 때다.

"그래서 말인데, 점창은 이쯤에서 빠져줬으면 좋겠소."

"무슨 말이오?"

"별일 아니라고 생각했는데 일이 점점 커지는구려. 천문상단이 청성을 원하오. 이제 이 일은 청성의 명예가 달린 일로 바뀌었단 뜻이오."

"무슨 뜻인지 알겠소."

"그대들에겐 정말 미안하게 생각하오. 말을 바꾼 것이 미안하고 강호의 정의를 위해 나선 당신들의 협의를 받아들이지 못해 미안하오. 하지만 청성의 명예를 시험하는 자들이 생겼으니 어찌 그대들의 도움을 받겠소. 이해해 주시오."

"당연한 말씀이오. 충분히 이해하오. 원하는 대로 우리는 이 일에서 빠지리다."

"고맙소."

운여가 결론을 짓자 백건이 앉은 채 허리를 숙였다.

사과를 하면서도 당당한 태도.

자공에서 본 그의 모습은 일부 단면에 지나지 않는 것인 모양이다.

그랬기에 운호 일행도 마주 허리를 숙여 예를 표한 후 천천히 자리에서 일어났다.

명분이 청성으로 기울었으니 더 이상 앉아 있을 이유가 없었다.

"이거 참 일이 엿같이 돼버렸네."

"그러게 말이다."

운상이 투덜거리자 운여가 입맛을 다셨다.

혹시 모르니 청성의 지원군이 올 때까지 표국에 머물러 달라는 현 국주의 부탁 때문에 하루를 더 묵게 되었으나 일행의 마음은 편하지 않았다.

닭 쫓던 개 지붕 쳐다보는 격이 되어버렸으니 황당함을 넘어 허탈하기까지 했다.

만약에 현 국주의 말대로 금마혈번과 귀영신마까지 이 일에 관여되어 있다면 정말 아무것도 하지 못하고 사천을 떠나야 할 판이다.

"운호야, 네 생각은 어떠냐?"

"뭘?"

"이건 청성의 일이 분명하다. 있어 봤자 끼어들지도 못한단 뜻이지. 그래서 말인데, 감숙이나 귀주로 넘어가는 게 어때?"

"거기 있는 놈들 잡자고?"

"응."

"괜찮은 생각이긴 한데 난 여기 일도 궁금하다. 쌍마에다가 혈번과 신마까지 끼어들었어. 너, 그놈들이 붙어 다닌단 소리 들어봤냐?"

"그렇지 않아도 이상하게 생각하고 있다. 놈들은 항상 별개로 활동했다. 절대 같이 다닐 놈들이 아니지."

"내 말이 그 말이다. 이거 뭔가 있는 것 같아."

"있긴 뭐가 있어. 너희 또 말도 안 되는 추리 놀음하면 가만 안 둔다."

운호와 운상이 서서히 죽을 맞춰가자 옆에서 듣고 있던 운여가 도끼눈을 떴다.

의빈에서 거지를 잡고 늘어지더니 이제는 잘못하면 청성과 한판 붙을 일을 떠들고 있다. 절대 용납할 일이 아니었다.

하지만 이번에는 운상도 양보할 생각이 없는 모양이었다.

"운여야, 청성의 일에 관여한다는 게 아냐. 그저 지켜보자는 거지. 넌 그놈들이 함께한다는 게 이상하지도 않냐?"

"그놈의 호기심. 잘못하면 이번에 청성과 붙는다니까. 내가 너희 때문에 아주 살이 다 떨린다."

"호기심이 아니라 의문이지. 의문이란 풀어야 속이 시원해지는 거거든. 더군다나 명부에 적혀 있는 놈들이잖아. 다섯 군데로 출발한다니까 그중 하나만 따라가 보자. 별일 없으면 그길로 떠나면 되잖아."

운상이 슬며시 제안하자 운여의 눈이 즉시 오므라들었다.

놈이 무슨 생각을 하는지 대충 알 것 같기 때문이다.

"흐흥, 이놈이 이제 보니 다른 속셈이 있었군."

"귀신같은 놈. 눈치챘냐?"

2장

암계

미인과 같이 식사를 한다는 것은 어떤 즐거움 못지않게 기쁜 일이었다.

현천우를 비롯해서 금룡표국 사람들은 정신없이 바쁘게 움직였기 때문에 한설아가 운호 일행과 함께 식사를 하겠다고 찾아왔다.

그녀는 현 국주 대신 왔다고 했지만 운상과 운여는 절대 믿지 못하겠다는 시선으로 고개를 살래살래 흔들어댔다.

그녀도 손님의 신분인데 누구를 접대한단 말인가.

보나마나 그녀는 운호 때문에 왔음이 틀림없었다.

그리고 그 추측이 맞는다는 것은 식사 시간 내내 운호를 흘끔거리는 그녀의 태도에서 충분히 알 수 있었다.

"미안하게 되었어요. 일이 이렇게 커질 줄은 정말 몰랐어요."

"그게 어찌 소저 잘못이겠소. 상황이 변해서 그리 된 것을."

"그리 생각해 주니 고마워요."

운호의 대답에 그녀가 환한 웃음으로 답을 했다.

그녀의 웃음은 언제나 너무 예뻐 눈이 부실 지경이었다.

운상이 입을 연 것은 그녀의 웃는 얼굴을 운호가 마주하지 못하고 슬그머니 고개를 돌릴 때였다.

"소저, 사실 우리는 이번에 금룡표국을 노리는 놈들 전부가 목표였소. 처음에는 능외쌍마뿐인 줄 알았는데 혈번과 신마까지 개입되었다고 하니 졸지에 사천에서 할 일이 없게 되었소이다. 청성 때문에 사천을 포기하고 다른 곳으로 가야 하는 상황이라 억울하기도 하오."

"그건 양해해 달라고 미리 말씀드렸잖아요."

"그래서 말인데, 우린 이 일의 결과를 지켜보고 싶소. 어차피 청성이 개입되어 있기 때문에 우리가 직접 그자들을 잡을 수 없다면 가는 길에 구경이라도 하겠다는 뜻이오."

"어떻게요?"

"우리는 섬서로 갈 생각이오. 다섯 개의 표물 중 섬서 방향의 표물을 따라갈 테니 만약 우리를 발견하더라도 이해해 주시오. 대신 절대 개입하지 않겠다는 건 약속하리다."

"아, 그건 어른들께 말씀드려 놓을게요."

운상이 미묘하게 말을 마치자 한설아의 눈이 반짝 빛났다.

사천이 모두 청성의 땅일 리 없으니 사람이 제 갈 길을 간다는데 시비 건다는 건 말도 안 되는 짓이다.

더군다나 먼저 양해를 얻었기 때문에 나중에 문제가 생겨도 해결할 수 있는 빌미가 충분해 반대할 명분도 없었다.

따라서 대답하기 어렵지 않은 요청인데 문제는 운상의 시선이 묘하게 반짝였다는 것이다.

사천에서 섬서와 연결되는 선은 오직 하나.

운상의 시선에 의미심장한 뜻이 담겨 있고, 그녀는 그것이 무엇인지 알 것만 같았다.

그랬기에 대답을 마친 그녀의 얼굴이 도화 빛으로 붉게 물들었다.

누군가에게 속마음을 들킨 처녀는 언제나 부끄러움을 느끼게 마련이다.

백건이 돌아온 것은 약속한 그다음 날 오시 무렵이었다.

그는 십여 명의 인물과 함께 왔는데, 그중 반은 나이가 오십이 훌쩍 넘은 사람이었다.

그냥 보는 것만으로도 숨이 턱턱 막히는 압도적인 기운을 가진 자들, 바로 청성의 장로급에 해당하는 만자배 무인들이었다.

청성이 보유한 만자배 무인의 숫자는 모두 열아홉이었으니 그중 다섯을 내려 보냈다는 건 청성에서도 이번 일을 무척이나 심각하게 받아들였다는 걸 의미한다.

그들이 모두 월동문을 통해 안채로 사라지는 걸 확인한 운호 일행은 천천히 걸어 금룡표국을 빠져나왔다.

국주인 현천우는 청성에서 온 사람들로 인해 정신이 없을 터라 표두인 황충에게 인사를 전해달라는 부탁만 남긴 채 성도로 발걸음을 옮겼다.

어차피 표물 출발은 내일이기 때문에 하루의 여유가 있었다.

청성의 자존심은 표물의 출발을 비밀로 하지 않을 것이니 숙면을 취하고 천천히 일어나 금룡표국으로 가면 충분히 표물을 따라잡을 수 있을 거란 계산이 섰다.

사람이 여유로울 때 하는 행동은 몇 가지로 한정된다.

그중 하나가 잠을 자는 것이고, 나머지 하나가 즐거움을 찾는 것이다.

물론 즐거움을 찾는 데는 수많은 방법이 있었으나 운호 일행이 택한 것은 성도주변의 명승지를 찾아가는 것이었다.

신상사(信相寺)는 성도에서 북쪽으로 이십 리 떨어진 곳에 있는 고찰이다. 절 입구를 통과하면 제일 먼저 삼대사전(三大

士殿)이 보이고 대웅전 안에는 본존불이 안치되어 있으며, 양옆 벽에는 십육존자의 상이 세워져 있다.

그 자체로도 볼거리가 충분했지만 신상사가 유명한 이유는 절 옆으로 흐르는 온천수 때문이었다.

사시사철 흐르는 온천수는 문화지로 연결되어 여행객의 심신을 달래주는 명소 중의 명소였다.

"잡을까?"

"잡으려면 아까 잡아야 했어. 여긴 사람이 많으니까 조금 더 기다려."

"꼬리를 달고 다니려니까 불편해서 죽을 맛이다."

운여의 제지에 운상의 인상이 우그러들었다.

미행이 붙은 것을 안 건 반 시진 전이다.

처음에는 워낙 은밀하게 따랐기 때문에 눈치채지 못했으나 신상사로 들어오는 길목으로 들어오자 바로 인지했다.

사람이 많아지면서 거리를 좁혀온 것이 놈의 치명적인 실수였다.

"표국에서부터 따라온 거겠지?"

"확실히 사람은 오래 살고 볼 일이야. 이런 횡재도 생기니 말이다."

"무슨 횡재?"

"생각 좀 해봐. 놈이 우릴 왜 따라왔을 것 같냐?"

"감시, 정체 파악, 금룡표국에 들어간 목적?"

"우린 산에서만 산 사람이다. 얼굴을 아는 사람이 없다는 뜻이지. 이유는 하나뿐이야. 분명 놈은 능외쌍마와 관련이 있을 거다."

운호가 씨익 웃으며 단정적으로 말을 하자 운상과 운여가 서로의 눈을 바라봤다.

운호의 말이 정말이라면 횡재라는 단어가 어울리기 때문이다.

금룡표국과 상관없이 놈들을 잡을 수만 있다면 청성은 점창의 행사에 입도 벙긋 할 수 없다.

"운호야, 저곳에서 돌아 나가자."

"어디서 잡지?"

"능외쌍마는 분명 성도에 있을 거다. 표물을 감시해야 될 테니 말이야. 그러니 최대한 달고 가다가 성도 외곽에서 잡는 것으로 하자."

"그게 좋겠군."

천천히 여유 있게 걸으며 경치를 구경하는 것처럼 움직이자 그 뒤를 바짝 따르던 운상이 맞장구를 쳐왔다.

성도의 지리를 모르기 때문에 먼 곳에서 일을 벌이면 자칫 냄새나는 사내놈을 들쳐 업고 한참을 뛰어야 하는 불상사가 생길 수도 있었다.

신상사에서 성도로 돌아오던 운호 일행이 미행하는 자를

덮친 것은 도시가 한눈에 보이는 구릉지였다.

운상이 좌측으로, 운여가 우측을 향해 몸을 날렸고 운호는 곧장 몸을 돌려 유운신법을 펼쳤다.

놈과의 거리는 삼십 장.

갑작스러운 회전에 놈이 움찔하는 사이 운호의 신형은 화살처럼 뻗어 나가며 순식간에 십 장을 압축했다.

단순한 미행이 아니라는 건 놈의 신법만 봐도 알 수 있었다.

군더더기 하나 배어 있지 않은 쾌속한 신법.

놈은 미행이 발각되었다는 것을 인지하자마자 산 쪽으로 몸을 숨겼는데, 시야에서 금방 사라져 버려 뒤쫓던 운호를 황당하게 만들었다.

숲으로 들어선 운호는 신법을 펼치지 않고 천천히 걸었다.

불과 숨 몇 번 들이켤 사이에 사라졌다는 것은 은닉을 했다는 것이니 서두를 이유가 없었다.

내력을 끌어올려 사방으로 뿌리며 전진하던 운호가 운여와 운상에게 손짓을 한 후 천천히 검을 뽑았다. 그런 후 곧장 이 장 정도 떨어져 있는 나무로 쇄도하며 삼검을 날렸다.

쐐액!

운호의 일검에 고목이 박살이 나며 비산했고, 나무 위에 숨어 있던 놈이 어깨를 감싸며 나뒹굴었다.

삼십 중반은 넘은 나이.

사내는 어깨에 흐르는 피를 손으로 막은 채 일어서지 못하고 운호를 바라봤다.

그런 사내를 향해 입은 연 것은 운호가 아니라 운상이었다.

"그냥 깔끔하게 한 방에 가자. 능외쌍마 있는 곳만 알려주면 살려주겠다. 눈깔 돌리지 마! 잔대가리 굴리면 바로 죽인다!"

능외쌍마란 소리에 사내의 눈이 흔들리는 걸 확인한 운상이 소리를 버럭 질렀다.

이럴 때는 여유를 줘서는 안 된다.

운상은 발을 들어 사내의 왼 다리를 찍어 누르며 으르렁거렸다.

"다시 말한다. 능외쌍마 어디 있나?"

장원이 한눈에 내려다보이는 능선.

해가 지고 어둠이 슬그머니 내려앉아 장원은 희미한 그림자에 덮여 있었다.

운호 일행은 능선의 비탈면에 편하게 앉아 장원을 한동안 관찰하다가 스르륵 몸을 일으켰다.

뭔가 이상했다. 장원에는 아무런 움직임도 보이지 않고 있었다. 불빛조차 없어 사람이 살지 않는 폐가로 보일 지경이다.

"어떡하지?"

“들어가 봐야 하지 않겠어.”

“그 새끼가 거짓말한 거 같지는 않은데… 이상하네.”

“가보면 알겠지.”

역시 먼저 행동한 것은 운호였다.

신중할 땐 신중하지만 결정을 내려야 할 때는 누구보다 판단이 빠르다.

운호가 먼저 일어나 신형을 날리자 운상과 운여가 그 뒤를 그림자처럼 따랐다.

멀지 않은 길이었으니 장원에 도착한 것은 반각도 걸리지 않았다.

예상대로 집은 비었다.

각자 방향을 나누어 조사했으나 장원에는 아무도 없었다.

다시 한자리에 모이자 운여가 신경질적으로 말을 꺼냈다.

“거짓은 아니야. 놈들은 여기에 있었다. 떠난 지 얼마 안 돼.”

“맞는 말이다. 기껏 두 시진, 가깝게 잡으면 한 시진 반?”

“거사 일은 내일인데 왜 벌써 움직였지? 이해가 안 되는구만.”

“그것도 그렇지만 숫자도 맘에 안 들어. 최소 이십 명 이상이 상주하고 있었다.”

운여가 고개를 흔들자 운상도 비슷하게 머릴 흔들었다. 오랜 세월이 그들에게 비슷한 습관을 갖게 만든 모양이다.

운호가 나선 것은 운여가 어질러진 방을 발로 슥슥 문지르며 마른기침을 할 때였다.

"자, 지금부터 내가 정리해 볼 테니까 말이 안 되거나 이상한 거 있으면 바로바로 이야기해."

"해봐. 어차피 한 번은 정리해야 하니까."

"첫째, 여기에 머문 자들의 숫자로 봤을 때 능외쌍마 단독으로 일을 벌인 건 아니란 게 확실해졌다. 그건 현 국주가 얘기한 대로 혈번과 신마가 관련되었다는 가능성이 커졌다는 걸 의미하지."

"인정. 다음."

"둘째, 놈들은 지금까지 한 번도 몰려다닌 적이 없는데 금룡표국 일에 동시에 나타났어. 놈들을 한꺼번에 묶을 수 있는 게 뭐가 있을까?"

"당연히 표물이겠지. 금룡표국에 의뢰한 표물이 놈들을 움직일 정도의 귀물이라면 얘기가 된다."

"그 정도 가지고는 이유가 안 돼. 만약 그런 귀물 때문이라면 능외쌍마나 귀영신마는 혈번이 관련된 순간 발을 뺐을 것이다. 일이 끝나면 목숨이 위험해진다는 건 누구보다 놈들이 잘 알아."

"목숨을 걸 정도의 귀물이라면?"

"그게 고민이다. 과연 목숨을 걸 정도의 귀물이 뭐가 있을까?"

"천문상단에서 운송 비용으로 만 냥씩 낸 거 보면 뭔가 냄새는 나. 귀물이니까 그 정도의 돈을 내고 운반하는 거겠지. 그래도 혈번이 나섰다면 그 새끼들은 포기했을 것 같다. 원래 다른 사람 목숨을 우습게 아는 새끼들일수록 제 목숨은 아까워하는 법이거든."

"그래서 말인데, 놈들이 혹시 어떤 조직에 하나로 묶여 있다면 어때?"

"그건 더 말이 안 되잖아."

"만약에?"

"그거야… 에이, 그래도 그건 아닐 거다."

"좋아, 머리 아픈 건 통과. 셋째, 놈들이 우릴 미행한 걸 보면 분명 금룡표국을 감시하고 있었을 거다. 청성에서 추가 병력이 도착한 것도 알 거고 표행이 떠나지 않은 것도 알고 있을 거야. 그런데도 전부 거점을 버리고 떠났단 말이지. 이건 무슨 의미냐?"

"포기한 걸까?"

"그건 아닌 것 같군."

"그럼?"

"놈들은 우리와 달라. 강호 경험이 흘러넘치는 놈들이니 금룡표국 뒤에 청성이 있다는 것도 알고 있을 거야. 지원군이 왔다고 포기할 놈들이었다면 시작도 안 했을 거다."

"점점 골치 아파지네."

중간에서 운여가 치고 나와 설명하자 운상이 머리를 문질렀다.

도통 알 수 없는 일 천지다.

대화가 진행될수록 미궁으로 빠져드는 느낌이 들자 운호가 눈을 가늘게 떴다.

강적과 한판 승부를 벌이는 일이라면 모를까, 이렇게 답도 없는 이야기를 하는 건 체질상 맞지 않았다.

그럼에도 본능적인 감각이 자꾸 경고음을 울리고 있었다.

"기분이 이상해. 생각하면 할수록 이 새끼들 뭔가 있어. 천문상단도 그렇고 이 새끼들도 비밀 투성이란 말이지. 아무래도 난 청성이 늪에 빠진 것 같다는 느낌이 든다."

다음 날, 관도에서 벗어난 능선.

운호 일행은 아침을 먹고 먼저 성도 외곽에 나가 표물이 나오기를 기다렸다.

섬서로 가는 관도는 이곳 한 길뿐이니 여기서 지키면 표행과 무조건 만나게 되어 있다.

"운여야, 우리 내기할까? 그녀가 여기로 오나 안 오나 맞혀 보는 건 어때?"

"누구, 한 소저 말이냐?"

"그래."

"싫다, 인마. 짜고 치는 내기는 안 한다."

"뭘 짜고 쳐?"

"나도 봤거든. 한 소저 얼굴 붉히는 거. 내가 이쪽으로 온다는 데 걸 테니까 넌 다른 쪽에 걸어. 그럼 하지."

"됐다."

운여가 주섬주섬 허리춤에서 전낭을 꺼내려 하자 운상이 입맛을 다시며 돌아섰다.

거기엔 운호가 뭔가를 생각하며 하늘을 보고 있었다.

먼 시선. 흩어진 눈망울, 그리고 그 속에 담긴 그리움. 분명 거기에 담겨 있는 건 후회와 아픔일 것이다.

그 모습이 운상을 답답하게 만들었다.

"운호, 여전하구나. 아직도 못 잊은 거냐?"

"시비 걸지 마라."

"인마, 남의 여자 된 사람을 왜 생각하고 그래? 그런 짓 하면 너만 괴로워져."

"넌 어째 그리 냉정하냐. 좋아하던 사람을 어떻게 금방 잊어버릴 수 있어? 이렇게 앉아 있으면 나도 모르게 생각나는데 그걸 어떻게 막아!"

"찌질한 놈."

"운여야, 재 좀 데리고 가."

"저기 낭떠러지로 밀어버릴까?"

옆에서 팔짱을 낀 채 구경하던 운여가 빙글거렸다.

두 놈 하는 짓이 귀여운 모양이다.

그런 운여를 향해 운상이 침을 튀며 자신의 주장을 거듭 나열했다.

"야, 내 말이 맞잖아. 어차피 임자가 정해진 여잔데 계속 생각하면 어쩌라고. 그렇게 좋으면 지랄을 떨어보든가. 그것도 못한 놈이 답답한 짓을 하니까 이러는 거 아니냐."

"그건 맞는 말이다."

"너도 저쪽으로 가, 인마!"

운여가 고개를 끄덕대자 운호가 도끼눈을 부릅떴다.

하지만 운여의 맷집은 타고났을 정도로 세다.

"야, 운호. 내가 봤을 땐 말이야, 한 소저가 남의 여자 된 당 소저보다 훨씬 예쁘더라. 그렇게 생각 안 되냐?"

"사람은 얼굴만 보고 평가하는 거 아니야."

"한 소저는 성격도 좋아. 천하를 다 뒤져도 정말 쉽게 찾아볼 수 없는 여자다."

"그래서 어쩌라고?"

"한 소저가 너한테 호감이 있다는 거, 척 보면 모르겠어? 사람은 지나간 인연보다 새로운 인연을 더욱 소중하게 생각해야 돼. 특히 이성 간에는 더욱더. 그러니까 당 소저는 잊고 한 소저랑 잘해봐."

"됐다. 어지럽다."

"이놈이 복이 흘러넘치니까 아주 오만이 몸에 밴 거 같아. 운상아, 안 그러냐?"

"내 말이 그 말이라니까."

"시끄러워. 그만하고 둘 다 저쪽으로 가!"

친구는 이래서 좋다.

언제 어디서든 마음 편하고 같이 있기만 해도 즐겁다.

능선에 도착한 지 한 시진이나 지났지만 최대한 편한 자세로 앉아 옛날 일을 회상하며 웃고 떠들었기 때문에 시간 가는 줄 몰랐다.

운호가 말을 끊은 것은 멀리서 먼지가 피어난 걸 확인했을 때였다.

표행으로 인한 먼지.

행렬은 단 하나의 마차만 호위하고 있었는데 그 숫자가 스물이 넘었다.

그리고 그중에는 운상이 올 거라 자신하던 한설아의 모습도 보였다.

"어때, 내 추측이?"

"응. 너 잘났어."

운상이 자랑스럽다는 듯 어깨를 치켜세우자 운여가 아주 멋지게 맞장구를 쳐줬다.

따른다는 말을 했어도 대놓고 따라갈 수는 없기 때문에 운호 일행은 표행이 앞으로 나갈 때까지 기다렸다가 천천히 뒤에서 움직이기 시작했다.

그들은 이 표행의 목적지가 어딘지 모른다.

능외쌍마나 혈번 등이 공격해 오지 않는다면 한설아의 뒷모습만 따라가다가 아무런 기약 없이 섬서로 들어가야 할지도 몰랐다.

중강(中江).

성도의 동북 방향으로 칠십 리 정도 떨어진 곳에 위치한 강으로, 사천의 최북단에서 섬서 쪽으로 흐르는 장강의 지천이다.

그곳에 칠십여 명의 흑건인이 나타난 것은 오시 무렵이었다.

흑의 무복의 왼쪽 상단에는 번개 문양이 새겨져 있고 흑건의 좌우로는 구름이 흘렀다.

문제는 그들의 기세였다.

검을 갈아놓은 것처럼 날카로운 기세가 새어 나왔는데 특히 중앙에 자리한 자들의 몸에서는 금방이라도 폭발할 것 같은 엄청난 기세가 숨겨져 있었다.

"그들의 위치는?"

"방금 전 도착한 전서에 따르면 금당(金堂)을 통과했다고 합니다. 반 시진 정도면 이곳에 당도할 겁니다."

"호위 책임은 누구냐?"

"만수자라 합니다. 그 외에 청풍팔검에 속하는 광검과 호풍검, 그리고 청성일미가 같이 옵니다."

"만수자라……. 재밌겠구나. 더군다나 선물까지 들고 오다니 고마운 일이로고. 클클클."

"소주께서 좋아하실 겁니다."

"그럴 게다."

가운데 있는 자가 기꺼운 듯 웃었다.

이상한 건 목소리는 분명 웃고 있었는데 눈은 그렇지 않다는 것이다.

서늘하게 가라앉아 있는 눈.

한 번 봐도 영원히 잊히지 않을 정도로 뱀처럼 차가운 눈이다.

대답하는 자의 기세 또한 무시무시했지만 중앙에 있는 자에 비하면 그 격에서 분명 차이가 있었다.

"물건이 이쪽으로 오는 건 확실하겠지?"

"그렇습니다. 약속한 대로 그자들이 아침에 연락을 해왔습니다."

"그놈들의 속셈이 궁금하군."

"그자들의 목적은 청성인 것 같습니다."

"나도 그 정도는 안다. 단지 이유를 몰라서 한 말일 뿐이야."

"죄송합니다."

"놈들이 무슨 짓을 하건 상관없다. 우리는 물건과 선물만 가지고 돌아가면 된다."

"아무래도 전운이 감도는 것 같습니다. 대계에 지장이 있을지도 모르겠습니다."

"우리가 다시 돌아올 땐 모두 죽을 자다. 신경 쓸 필요 없어. 준비는 끝났나?"

"모든 게 완벽합니다. 놈들이 오면 일은 끝납니다."

"좋아, 가서 쉬어."

"저기, 만수자는 어찌할까요? 구원이 있는 자입니다. 통령께서 허락만 해주시면 제 손으로 잡고 싶습니다."

"원하는 대로 해라. 하지만 일각 이내의 승부다. 질질 끌게 되면 그냥두지 않겠다."

"알겠습니다."

한설아는 광검에게 부탁해 섬서로 가는 표물로 따라붙었다.

사형들은 그녀를 모두 예뻐했기 때문에 섬서 쪽의 경치를 구경하고 싶다는 부탁을 거절하지 않았다.

표행이 출발하면서부터 한설아는 꾸준히 주변을 살피며 걸었다.

만수자는 청성십구숙 중 아홉 번째로서 청운적하검을 대성한 절정의 검객이다. 그랬기는 그녀는 이번 표행을 그리 어렵게 생각하지 않았다.

능외쌍마뿐만 아니라 혈번과 신마까지 온다 하더라도 충분히 막을 수 있는 전력을 갖추었기 때문이다.

경치를 구경하는 것처럼 두리번거리면서 열심히 운호 일행을 찾았다.

몰래 뒤따를 게 분명했지만 개활지나 평원으로 들어서면 결국 모습을 드러낼 수밖에 없다고 생각했다.

하지만 성도를 벗어난 이후로 개활지는 한 군데도 나타나지 않았고, 고수라면 충분히 몸을 숨길 수 있는 지형이 연속으로 나타났다.

답답했으나 내색할 수 없어 더욱 마음이 급해졌다.

운상의 암묵적 제안을 받으면서 내심 기대를 했다.

어차피 개입하지 않는다면 같이 가도 아무런 문제가 없을 것이라 생각했는데 운호 일행은 철저히 몸을 숨긴 채 모습을 드러내지 않았다.

불과 하루 떨어졌는데도 벌써 보고 싶어졌다.

그의 부드러운 미소와 따스한 눈빛.

그를 생각하면 저절로 마음이 훈훈해지며 기분이 좋아진다.

혹시 그를 좋아하게 된 걸까?

스스로 던진 질문에 괜히 얼굴이 발갛게 달아올랐다.

바보.

대답도 못할 거면서 그런 질문을 하다니…….

표행을 바짝 따라붙을 필요는 없었기에 운호 일행은 최대한 천천히 움직였다.

청성의 무인들을 필두로 전진하는 표행의 진형은 너무나 탄탄해서 웬만해서는 기습할 엄두도 내지 못할 정도였다.

한설아처럼 운호 일행도 똑같은 판단을 내리고 있었다.

혈변이 아무리 뛰어난 무력을 지녔다 해도 만수자가 가세한 청성의 전력을 깨기에는 무리가 있어 보였다.

표행의 이동 경로로 볼 때 최종 목적지는 면양(綿陽), 아니면 광원(廣元)일 가능성이 컸다.

두 곳 모두 섬서로 넘어가는 길목이기 때문에 덕양까지는 똑같은 경로로 이동할 수밖에 없다. 결국 최종 목적지를 알기 위해서는 덕양을 지나야 된다는 뜻이다.

운상은 표행과 함께 움직여도 되지 않겠냐며 의견을 냈으나 운호와 운여의 반대에 부딪친 후 깔끔하게 입을 닫았다.

만약이라도 같이 있다가 청성과 불필요한 마찰을 일으키거나 원망을 사게 된다면 사문에 해를 끼칠 수도 있기 때문이다.

그랬기에 그들은 먼 곳에서 흘끗흘끗 표행을 확인만 했을 뿐 가급적 모습을 숨긴 채 천천히 전진했다.

문제가 일어난 것은 금당을 통과해서 오십 장에 달하는 넓이의 중강이 나타났을 때였다.

칠십에 달하는 흑건사내가 강변을 따라 횡으로 포진한 채 표행의 전진을 가로막았다. 그 기세가 너무나 날카로워 오한

이 들 정도였다.

막 능선으로 올라서던 운상이 황당한 표정으로 입을 연 것은 흑건사내들의 중앙에 있던 자가 천천히 표행 앞으로 걸어 나왔을 때다.

"저놈들은 또 뭐냐?"

전혀 예상외의 병력이 출현하자 양옆으로 올라온 운여와 운호도 비슷한 표정을 지으며 입을 떡 벌렸다.

나오라는 혈번이나 능외쌍마는 보이지 않고 웬 시커먼 옷을 입은 복면인들만 잔뜩 나타났으니 놀라는 건 당연했다.

더군다나 복면인들의 기세가 대단해서 그들이 서 있는 곳까지 영향을 주고 있었다.

"피부가 여기서도 따끔거린다."

"기다리고 있었어. 정확히 경로를 예측하고."

"내통?"

"그럴 가능성이 가장 크지. 어쨌든 한 가지는 이제 확실해졌다. 어젯밤 장원에서 놈들이 모두 사라진 건 미리 이곳으로 오기 위해서인 것 같다."

"그렇다면 저 복면인들 사이에 혈번이나 능외쌍마가 포함되어 있을 가능성이 크겠군."

"우리 운여가 역시 똑똑하단 말이야."

번뜩이며 돌아가는 머리를 운호가 칭찬하자 운여의 어깨가 대번에 올라갔다.

그 정도는 기본이라는 시늉이다.

"그런데 운여야, 너 내가 장원에서 한 말 기억 나냐? 놈들이 한 조직에 속해 있을지도 모른다고 했잖아."

"그랬지. 이제 보니 의심스럽긴 하군."

"의심스러운 정도가 아니야. 모두 복면을 뒤집어썼잖아. 저 속에 진짜 놈들이 있다면 확실한 거다."

"미칠 노릇이군."

"점점 재밌어져. 한번 파볼 필요가 있겠어."

"그건 나중에 생각해 보고, 저건 어쩔 거야?"

"어쩌긴, 기다려야지. 확실하게 밀릴 때까지 기다리는 거야. 괜히 먼저 나섰다가는 고생하고 원망만 듣는 수가 있어."

"이 냉정한 놈아, 그러다 한 소저가 다치면 어쩔래?"

차분하게 말하는 운호를 향해 운상이 버럭 소리를 질렀다. 그는 한설아가 제일 걱정되는 모양이다.

"은밀하게 접근해야지. 무슨 일 생기면 즉시 도울 수 있게. 그런데 너, 한 소저한테 너무 신경 쓰는 거 아냐?"

"여자니까 그렇지!"

만수자는 표행의 전면에 서서 다가오는 흑건의 사내를 조용히 기다렸다.

예상외로 많은 적이 나타났음에도 그의 표정은 한 올도 변하지 않았다.

그의 입이 열린 것은 흑건의 사내가 일 장 앞까지 다가왔을 때다.

"대낮에 복면은 왜 뒤집어썼느냐?"

"그렇게 됐다."

"천하의 혈번이 복면을 하고 나타나다니 내가 산에 있는 동안 세상 참 많이 변한 모양이구나."

대번에 복면인의 정체를 확인한 만수자의 입에서 쓴웃음이 흘러나왔다.

아무리 복면을 했어도 금마혈번이란 명호를 얻게 만든 핏빛 깃발을 가지고 있는 한, 혈번이 정체를 숨긴다는 건 손바닥으로 태양을 가리는 것과 다름없는 일이었다.

그러나 혈번도 정체가 노출된 것에 대해서는 신경 쓰지 않았다.

"그래서 도사들이 적응을 잘 못하는 거야. 세상은 무섭게 돌아가는데 산에 처박혀 쓸데없는 도나 닦고 있으니 놀랄 일이 하나둘이겠어."

"그때 내가 네 입을 덜 찢어놨나 보다. 여전히 잘 떠드는 걸 보니 말이다."

"흥, 옆구리가 뚫려서 죽을 뻔한 놈이 누군데 그런 개소리를 하는 거냐!"

"크크, 옆구리로 말하는 거 봤어? 그때도 네가 하도 시끄럽게 떠들어서 아가리를 찢어놓았던 거야. 아니었으면 팔다리를 하나씩 잘랐을 텐데."

이십여 년 전 동정호변에서 두 사람은 세 시진에 걸쳐 목숨을 건 승부를 벌였다.

청성이 주기적으로 시행하는 제마행을 위해 만수자가 세상에 나왔을 때 벌어진 일이다.

그때 모사충은 얼굴에 커다란 상처를 입었고, 만수자는 옆구리에 구멍이 뚫려 사경을 헤맸었다.

"요즘 도사 새끼들은 산에서 도는 안 닦고 주둥이질만 배우는군."

"도 닦다 보면 말재주도 느는 법이다."

뒤로 물러서는 모사충을 향해 만수자가 등에서 검을 끌어내리며 진하게 웃었다.

혈번과 대화를 하면서도 뒤쪽에서 이곳을 응시하는 흑건의 사내들을 지속해서 살폈다.

그러다가 중앙에 서 있는 금색 번개 문양의 사내를 확인하고는 목구멍 깊은 곳에서 흘러나오는 신음을 간신히 참아냈다.

고수다. 그것도 감당하기 어려울 정도의 고수.

혈번도 어려운 마당에 정체 모를 고수가 있다는 건 이 싸움의 향방이 한 치 앞도 내다보지 못할 만큼 힘들어졌다는 걸 의미한다.

그럼에도 그는 웃음을 잃지 않았다.

어차피 물러서지 못한다면 단 한순간도 기세에서 밀리기 싫었다.

무인은 언제나 불가능을 생각지 않는다.

3장

강적

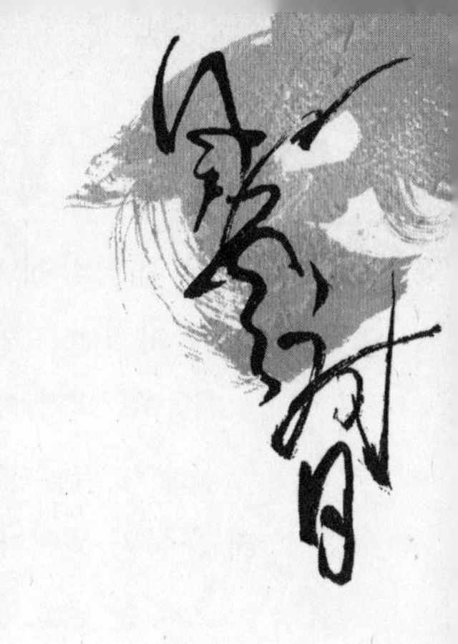

능선에서 내려와 이십 장까지 전진해 상황을 지켜보던 운호의 고개가 슬그머니 기울어졌다.

만수자와 이야기를 하는 자보다 뒤쪽 중앙에 서 있는 황금번개 문양의 사내가 훨씬 무섭게 느껴졌기 때문이다.

고수는 고수를 알아보는 법.

이긴다는 보장을 하지 못할 만큼 대단한 기도가 사내의 전신에서 꿈틀거리고 있었다.

"운상아, 싸움이 시작돼서 우리가 끼어든다면 아무래도 내가 저자를 막아야겠다."

"누구?"

"저기 중앙에 선 자."

"금마혈번은 만수자 앞에 있는 놈이야. 혈번 안 보여?"

"잘 봐. 내가 왜 그러는지."

운호가 얼굴에서 웃음을 지운 채 번개 문양 사내를 바라보자 운상과 운여가 동시에 사내를 주시했다.

오래 볼 필요도 없었다.

그자의 몸에서 흐르는 패도적인 기운은 깊게 갈무리하고 있어도 은연중 흘러나와 중강변을 휩쓸고 있었다.

벌써 표행을 이끌던 표사들은 알지 못한 곳에서 흐르는 기세로 인해 온몸이 위축되어 있었다.

그들은 적의 수가 자신들보다 많기 때문에 두려움으로 인한 것이라 생각했으나 사실은 번개문양 사내에게서 뿜어져 나오는 압도적인 기세가 그들의 행동을 제약한 것이다.

정체를 알지 못하는 사내의 무력은 그만큼 대단했다.

운상과 운여는 황수전투 이후 이 년간의 고련을 통해 훨씬 강해져 있기에 사내의 무력을 알아보고 즉각 심각한 표정을 지었다.

"저놈은 누구기에… 청성이 위험하겠다."

"어쩌지? 이대로 내버려 두면 꽤 죽을 텐데?"

"전력에서 차이가 너무 나. 지켜보려고 했는데 안 되겠어."

"그럼 나가자. 가서 물어보지, 뭐. 만수자 정도면 금방 사태 파악이 되었을 거다."

"싫다고 고집 피우면?"

"그땐 할 수 없지. 그냥 가는 수밖에."

"안 돼. 난 한 소저 다치는 거 못 봐. 그래도 인연이 있는데 어떻게 그냥 가냐?"

운여의 말에 운상이 고개를 흔들었다.

청성은 자존심으로 똘똘 뭉친 문파이다.

설혹 불리한 상황이라도 외골수의 고집을 피우며 도움을 외면할 가능성도 있었다.

그랬기에 운상은 곁에 서서 표행을 관찰하는 운호를 쳐다봤다.

한설아가 다쳐도 괜찮으냐는 의문이 담긴 시선이다.

운호의 눈이 가늘어졌다.

여자로서의 호감 여부를 떠나 한설아와는 묘한 인연이 이어지고 있었다.

여기서 만약 냉정하게 떠나게 된다면 운상의 말대로 그녀가 위험해진다.

"자, 시간 없으니까 빨리 정리하자."

"해봐."

"일단 가서 물어보고 도와달라고 하면 싸우는 거야."

"싫다면?"

"그땐 옆으로 물러서서 지켜보는 거지. 그러다가 위험해지면 나서고. 어때?"

"두 번째 경우는 마음에 안 든다."

"처음부터 그러려고 했던 거잖아."

"그거하고는 달라. 거절당했다가 도와주는 거랑 위험에 빠진 걸 도와주는 게 어떻게 똑같아. 점창이 뭐가 아쉬워서 도움이 필요 없다는데 나서서 지랄을 하냐!"

"운여야, 인마. 한 소저가 제수씨가 될 수도 있어. 말 함부로 하지 마."

운호의 말을 받은 운여가 인상을 찡그리며 반대하자 운상이 끼어들었다.

그는 여전히 한설아에게 초점을 맞추고 있었다.

그런데 그것이 묘하게 운여한테는 먹혀들어 갔다.

"아우, 몰라! 알아서 해!"

"좋아, 일단 가자. 한 소저한테 또 점수 딸 일 생겼구먼. 운호야, 넌 좋겠다."

"그렇게 자꾸 엮지 마라. 부담 느껴진다."

운상이 눈을 찡끗하자 운호가 입맛을 쩍쩍 다셨다.

무슨 일만 있으면 자꾸 한설아와 연관시켜서 미칠 지경이다.

운호 일행이 전권으로 내려선 것은 모사충이 대화를 마치고 뒤로 물러날 때였다.

만수자는 왼손에 든 검을 천천히 빼어 들다가 깃털처럼 내려선 운호 일행을 확인하고는 출검을 잠시 멈추었다.

검은 무복, 적색 매.

점창의 상징인 전도복을 알아본 만수자의 시선이 흔들렸다가 금방 바로 잡혔다.

"점창이오?"

"그렇습니다."

"아이들 말로는 떠났다고 하던데 따라온 모양이구려?"

"가는 길이었습니다. 청성의 행사라 나서지 않으려 했지만 많은 사람이 다칠 것 같아 무례를 범하게 되었습니다."

"마검이 왔다고 하던데, 누구시오?"

"접니다."

운호가 나서며 대답하자 만수자의 시선이 날카롭게 전신을 훑고 다시 제자리로 돌아갔다.

그런 후 그는 최대한의 예의를 갖춰 허리를 숙였다.

"천하의 마검을 보니 반갑소. 나는 광성검이라 하오. 거두절미하고 말하리다. 상황이 어려워졌으니 정중하게 도움을 청하겠소. 저자를 맡아주시면 나머지는 청성이 해결할 수 있을 것 같소. 그러니 부탁하오."

역시 무인이다.

부탁을 하면서 한 치의 흔들림도 보이지 않았고, 자존심을 뒤로한 채 황금 번개 문양의 사내를 가리켰다.

스스로의 무력이 부족하다는 걸 시인하고 있으니 용기가 없다면 무림의 명망 있는 무인으로 쉽게 할 수 있는 일이 아니었다.

그랬기에 운호는 즉시 대답했다.

머뭇거리거나 주저하는 모습을 보이는 건 만수자를 곤혹스럽게 만드는 일이다.

"그리하겠습니다."

"점창의 도움을 잊지 않을 것이오."

"청성과 점창은 오랜 우의를 다져왔으니 돕는 것은 당연한 일입니다."

만수자가 다시 한 번 허리를 숙여 고마움을 표시하자 운호가 답례를 하고 뒤로 물러섰다.

돕기 위해 왔을 뿐 이곳 행사의 주인은 청성이니 적이 공격할 때까지 뒤로 물러나 추이를 관망하는 것이 예의였다.

하지만 운호는 뒤로 물러서지 못했다.

황금 번개 문양의 사내가 번뜩 신형을 날려서 다가와 그를 불렀기 때문이다.

"황수전투의 마검이 너란 말이냐? 여기에는 왜 왔느냐?"

"탕마행!"

"가소로운 짓을 하는구나."

"사천에 온 건 당신 휘하에 있는 몇몇 때문이었어. 한데 이제 보니 저들은 잔챙이에 불과한 것 같군. 얼굴이나 보자. 뭣 때문에 날도 좋은데 복면을 하고 다니는 건가?"

"내 얼굴을 보면 넌 죽는다."

"그 말은 정체를 알려주지 못한다는 뜻이군. 복면에 복화술이라……. 어지간히 지랄 맞은 인간인 모양일세. 잔소리 말고 한판 붙자."

"너무 안달하지 마라. 곧 죽여줄 테니."

"누가 죽는지 한번 보지. 아무려면 천하의 마검이 복면이나 뒤집어쓰고 다니는 자를 두려워할까."

"그 새끼, 정말 가소롭구나."

마치 주욱 미끄러지는 것처럼 뒤쪽으로 물러난 신비인이 천천히 팔을 들어 손가락을 까딱였다.

그것이 신호인 모양이다.

뒤쪽에서 대기하고 있던 칠십여 명의 흑건사내가 마치 비익조처럼 날아서 표행을 덮쳐왔다.

금마혈번은 만수자를 목표로 핏빛 깃발을 던졌고, 백건과 한설아를 향해서도 왼팔에 적색 견장을 낀 사내들이 덮쳐왔다.

난전.

장내는 순식간에 피가 흐르는 혈전이 벌어지기 시작했다.

황금 번개 문양의 신비인이 칼을 꺼내 든 것은 혈번의 깃발이 만수자의 검과 부딪치며 불꽃을 피워낼 때였다.

귀두도(鬼頭刀)이되 협봉도를 혼합해 놓은 것과 같은 기형

병기.

묵빛 칼은 도갑에서 뽑힌 순간부터 그릉거리는 울음을 토해내고 있었다.

도명(刀鳴).

신비인의 칼에서 흘러나온 건 절정을 넘어서 절대의 경지에 접근한 자들만이 이룬다는 도명이 분명했다.

운호의 검이 뽑힌 것은 신비인의 칼이 도명을 울리기 시작할 때였다.

이 년 만에 적을 상대로 뽑힌 검이다.

오랜만에 만난 적이 도명까지 울리는 고수였기에 운호는 혀를 내밀어 입술을 축였다.

자연스럽게 올라오는 긴장이 그를 즐겁게 만들고 있었다.

손에 든 것은 여전히 흑룡검이었으나 주인은 예전의 운호가 아니었다.

"이름을 알면 좋았을 것을… 누굴 죽였는지도 모를 테니 내 검이 답답하겠구나."

"그럴 리는 없을 것이다. 네 목이 떨어질 테니 말이다."

"사람 일은 한 치 앞도 알 수 없는 거지. 하지만 어떤 일은 예상이 가능하기도 해. 그래서 인생이 재밌는 거 아니겠어? 내가 봤을 때 당신은 오늘 날을 잘못 잡았다."

"무슨 개소리냐?"

"내 검이 너무 강해 보였나? 설마 흑룡검에 눈까지 먼 거야?"

신비인이 스산한 목소리로 묻자 운호의 눈이 싸움이 벌어지고 있는 전장으로 향했다.

거기에는 일방적인 전투가 벌어지고 있었다.

다름 아닌 운상과 운여 때문이다.

그들은 흑건사내들을 종횡으로 가로지르며 거침없이 검을 뿌려대고 있었다.

벌써 고혼으로 변해 바닥에 쓰러진 흑건인은 열이 넘었고, 피해는 계속해서 커지고 있었다.

이대로라면 반 시진도 되지 않아 흑건인은 전멸을 면치 못할 것이다.

황금 번개 문양 사내의 눈이 전장을 훑은 후 다시 운호에게 돌아왔다.

상황이 여의치 않음을 확인했음에도 그의 시선은 전혀 흔들리지 않았다.

뱀처럼 차가운 눈이다.

고수는 뒤에도 눈에 달려 있으니 전장의 상황을 파악한 것은 한참 전의 일이다.

그럼에도 신경 쓰지 않았던 것은 지금 죽어나가는 자들의 죽음이 그와는 상관없기 때문이다.

놈들은 어차피 이 일이 끝나면 죽을 운명이었다.

"네 친구들이 한가락 하는구나."

"서두르지 않으면 모두 죽을 것이다."

"어차피 죽는 게 인생인데 조금 일찍 죽는다고 해서 뭐가 아쉽겠느냐."

"갈수록 태산이군. 도대체 당신 뭐야?"

"큭큭, 크크, 애송이, 너무 답답해하니 알려주마. 나중에 죽어서 저승에 사는 누군가가 묻거든 단황야가 보내서 왔다고 전하거라."

"단황야?"

괴소를 흘리며 칼을 끌어올리는 신비인의 행동에 운호의 검이 마주치듯 앞으로 내밀어졌다.

그 짧은 순간,

머리를 전부 헤집어봤으나 무림 인사 중 단황야란 별호를 가진 자는 찾을 수 없었다.

운학 사형이 가져다 준 무림명부를 거의 달달 외웠기 때문에 명사에 대해서는 거의 알고 있었다. 그러나 단황야는 무림명부에 없는 자였다.

저 정도의 기세를 가진 무인이 무림명부에 없다는 건 뭔가 문제가 있는 것이라 생각되었다.

하지만 지금은 의문을 가질 때가 아니었다.

강적을 상대하면서 정신을 분산시키는 것은 목숨을 내놓고 있는 것과 다를 게 없다.

벌써 단황야는 허공을 찢으며 칠도를 날려 오고 있었다.

콰앙!

신경을 쓰지 않는 척했지만 단황야는 최대한 빠르게 승부를 결정짓고 싶은 모양이었다.

순식간에 다가온 칠도는 방어 초식인 비화(飛花)의 꼬리를 따라잡으며 독사의 혓바닥처럼 운호의 전신을 노렸다.

한 번의 충돌이 아니라 연환이었고, 강기는 중첩되며 날아와 운호의 흑룡검을 계속해서 밀어냈다.

대단할 것이라 예측하고 있었지만 상상보다 훨씬 강한 자였다.

유성이 떨어지는 것처럼 귀두도는 수많은 빛의 잔영을 남기며 한 점의 광구가 되어 떨어졌다.

광구 하나하나의 위력은 천지를 갈라놓을 만큼 엄청나서 충돌할 때마다 손아귀가 저려왔다.

바람을 탄 구름 유운이 운호를 태우고 움직이기 시작한 것은 단황야의 칼이 수직에서 수평으로 변하며 도기를 난사할 때였다.

흑룡검에서 뿜어져 나온 분광이 유운신법과 어울려 단황야의 도기와 맞섰다.

선제공격에 밀린 운호의 신형이 멈췄고, 팽팽한 균형이 맞춰지며 두 사람의 공전절후의 결투가 본격적으로 시작되었다.

운호는 냉정한 눈으로 폭풍처럼 다가오는 단황야의 강기를 하나씩 일일이 차단해 나갔다.

회풍을 꺼낼 수도 있었으나 그리하지 않은 이유는 단황야의 정체를 알지 못했기 때문이다.

무공에 대한 연원도 알지 못했고, 그의 정체가 무엇인지조차 알지 못했다.

현재의 공격 정도가 어느 정도인지 알기 위해서는 시간이 필요했다.

고수들의 맞대결이 단박에 끝나지 않는 이유는 섣불리 전력을 다해 공격했다가 예상치 못한 반격을 당하게 되면 치명상을 입기 때문이다.

절정을 넘어선 고수들은 언제나 적정의 원리로 맞서다가 상대의 기운을 마지막까지 파악한 후에야 비기를 꺼낸다.

더군다나 단황야란 자는 지금까지 싸운 누구보다 강한 자였기에 운호는 섣불리 모험을 하지 않았다.

눈에 보이지 않을 정도의 공방이 지속되었고, 충돌 음은 수시로 그 색깔이 바뀌었다.

천둥처럼 크게 터졌다가 비단천이 찢어지는 소리로 변했고, 어떨 때는 바람 소리로도 들렸다.

번천지복.

정말로 무시무시한 대결이었다.

단황야가 공중으로 떠오르며 십이도를 날린 것은 운여가

마지막 남은 복면인을 쓰러뜨렸을 때다.

십이도가 하나로 모이며 거대한 구체가 되어 운호를 향해 날아갔다.

비기다.

지금까지 펼치지 않은 초식.

거대하게 변한 빛의 정화가 날아오자 운호는 이를 지그시 악물고 회풍을 꺼내 들었다.

콰앙! 쾅! 우르릉!

연속되는 충돌에 땅이 뒤집혔고, 바람이 통과하지 못하는 진공 상태가 두 사람 사이에서 펼쳐졌다.

단황야가 삼 장이나 물러서며 고함을 친 것은 충돌의 여파가 끝나지도 않았을 때다.

"물러나라!"

단황야의 외침에 만수자와 싸우던 혈번과 백건 등을 압박하던 자들이 일거에 뒤로 물러섰다.

그들은 단황야를 따라 십여 장을 후퇴해서 진형을 갖췄는데, 싸움의 여파로 인해서인지 살기가 뭉텅이로 새어 나오고 있었다.

그 살기를 잠재운 건 단황야였다.

"마검, 참으로 대단하구나."

"왜, 그냥 가려고?"

"크크크, 어중이떠중이 모아서 일을 하려다 부끄러운 모습을 보이게 되었다. 하지만 너로 인해 여기 있는 자들이 모두 죽을 테니 너무 자만하지 말거라."

"무슨 개소리를 하고 있어!"

"조만간 다시 보게 될 것이다. 그때는 모두 죽여줄 테니 기다리도록."

말을 마친 단황야가 손짓하자 뒤에 서 있던 네 명의 복면인이 먼저 능선으로 날아올랐다.

사내들이 모두 사라지자 그도 허깨비처럼 신형을 흔들거리며 물러났다.

운상이 따라잡으려는 듯 움찔했으나 운호가 급히 손을 들어 가로막았다.

저 정도 무력을 지닌 고수의 도주를 막는다는 건 현실적으로 불가능한 일이었고, 자칫 잘못하면 반격을 당할 수도 있었다.

칠십에 달하는 복면인을 모두 해치운 것은 운여와 운상, 그리고 청성의 호풍검 유혁이었다.

운여와 운상의 무력은 이 년 전과 또 다른 경지에 도달해 있기 때문에 당연하게 여겨졌지만 호풍검 역시 청풍팔검의 일인답게 막강한 위력을 선보였다.

일방적인 승리였으나 그럼에도 사람들의 얼굴에는 웃음이 없었다.

피로 물든 중강변.

사람의 죽음은 언제나 기분을 좋지 않게 만든다.

더군다나 일곱 명의 표사가 목숨을 잃어 나머지 표사들이 그들의 주검을 붙잡고 울었기 때문에 분위기는 훨씬 가라앉았다.

그나마 안도의 한숨을 쉬게 된 것은 만수자를 비롯해서 청성무인들이 죽은 복면인들의 정체를 알게 된 후였다.

죽은 자들은 사천을 기반으로 온갖 못된 짓을 하며 떠돌아다니던 사특한 무리였다.

월영사귀, 칠면랑 등 이름만 대면 알 만한 자들이 대부분이었다. 모두 죽었다는 걸 알면 사천 사람들이 모두 만세를 부를 정도로 나쁜 짓을 하고 돌아다니던 놈들이다.

중요한 것은 그런 자들이 한꺼번에 모여 표물을 노렸다는 점이다.

도대체 누가, 어떻게 해서 쥐새끼처럼 숨어 다니던 이들을 끌어모을 수 있었단 말인가?

진정 이해되지 않는 일이었다.

표행의 최종 목적지는 추측한 대로 광원이었다.

광원이라면 앞으로도 삼 일은 걸어야 할 거리이다.

물론 표물 없이 신법을 발휘한다면 한나절 거리에 불과했으나 마차를 끌고 가야 하니 줄기차게 걸을 수밖에 없다.

복면인들의 시신은 방치할 수 없어 한군데에 모아 매장했고, 표사들의 시신 역시 별도로 천에 싸서 가매장을 한 후 표식을 해놨다.

돌아오는 길에 가져가기 위함이다.

일행이 휴식을 위해 멈춘 것은 중강을 벗어나 삼십 리를 더 전진한 후였다.

만수자가 다가와 운호의 옆에 앉은 것은 운상이 멀찍이 떨어져 있는 한설아에게 다가갔을 때다.

"한 가지 물어도 되겠소?"

"말씀하시지요."

"싸우는 와중에 얼핏 단황야란 말을 들었소. 그자의 이름이오?"

"그자는 스스로 그리 말하더이다. 이름이기보단 별호인 것 같았습니다."

"마검도 처음 듣소?"

"그렇습니다. 저도 처음 듣는 명호입니다."

"그자의 무력은 어땠소?"

은근한 목소리로 만수자가 물어왔다.

몰라서 묻는 건 아닐 것이다.

자신도 절정의 반열에 든 고수이고 스스로 단황야의 몸에서 뿜어져 나오는 패력을 봤으니 충분히 짐작했을 터이다.

그럼에도 물은 것은 무림백대고수에까지 거론된 마검의

평가를 듣기 위함이 분명했다.

그랬기에 운호는 부드러운 목소리로 대답했다.

겸허한 마음으로 물어온 무림의 선배에게 무안 주기 싫었다.

더군다나 그는 광명정대한 성격을 지녀 존경심이 저절로 우러나오는 노강호였다.

"진기와 비기를 꺼내지 않았습니다."

"그럼 정기로만 겨뤘단 말이오?"

"그렇습니다."

"허어, 그 정도였소?"

"자칫하면 당할 수 있었으니까요. 일각 만에 끝났기에 진기조차 쓸 수 없는 싸움이었습니다."

"무슨 소린지 알겠소. 그런 무시무시한 싸움이 정기만 사용된 것이었다니, 두 눈으로 보고도 믿을 수가 없구려. 마검에 대한 명성이 천하에 진동했어도 설마 설마 했는데 정말 대단하오."

"별말씀을……."

순식간에 운호의 말뜻을 알아들은 만수자가 허리를 깊숙이 숙였다.

진정을 감복했다는 뜻이다.

비기란 무인이 가지고 있는 최후의 초식을 일컫는 말이고, 진기를 썼다는 것은 전력을 기울이는 것을 의미한다.

반면 정기로 싸웠다는 건 상대의 내력의 맞춰 적정의 원리로 부딪친 걸 뜻한다.

쉽게 해석해서 말한다면 두 사람 모두 전력으로 싸우지 않았다는 건데, 그만큼 상대를 두려워했다는 뜻도 된다.

언제 목숨을 잃을지 모를 정도로 강력한 적이었기에 전력을 기울이지 못했다는 걸 운호는 에둘러 말한 거였다.

그랬기에 만수자는 깊은 곳에서 흘러나오는 한숨을 간신히 참아냈다.

점창 마검의 무력이 황수벌판을 완벽하게 장악했다고 하더니 과연 명불허전이었다.

하지만 그는 곧 감탄을 속으로 접어두고 또다시 입을 열었다.

"나와 싸운 자는 혈번이었고 나머지는 신마와 능외쌍마가 분명했소. 더군다나 복면인들은 전부 사파의 인물이었소. 그대는 이 일을 어찌 생각하오?"

"그자는 어중이떠중이를 끌어모았다란 표현을 썼습니다. 수하들이 죽어가는데도 일말의 동정도 보이지 않았다는 건 그들이 단황야의 진짜 수하가 아니란 뜻입니다. 아마 죽은 자들은 혈번을 포함한 사천사흉이 미끼를 주고 끌어들였을 겁니다."

"일회의 소모성으로?"

"그렇습니다."

"그렇다면 사천사흉은?"

"저희는 이곳으로 오면서 혈번과 신마, 능외쌍마가 한 단체에 속한 게 아닌가 하는 의문을 가지고 있었습니다."

"그런 일이… 설마?"

"가능성이 큽니다. 아까 보지 않았습니까. 단황야의 명령을 그들은 일사불란하게 따랐습니다."

"음……."

듣고 보니 그랬다.

물러서란 말에 위험을 무릅쓰면서까지 후퇴했고, 손짓 하나에 거짓말처럼 사라졌다.

확실한 명령 체계에 있지 않았다면 절대 있을 수 없는 일이었다.

전혀 생각하지 못한 것을 운호가 끄집어내자 기어코 만수자의 입에서 신음성이 흘러나왔다.

그러나 그것은 시작에 불과했다.

"문제는 앞으로의 일입니다. 단황야란 자는 분명 다시 오겠다고 했습니다. 우리의 전력을 확인하자 가차 없이 후퇴할 정도로 냉정한 자였으니 다시 올 때는 어려워질 겁니다."

"아무래도 그렇겠지."

"자칫 모두 위험해질 수 있습니다. 표물을 지키면서 무리하게 놈들을 기다리는 건 어리석은 짓입니다."

"다른 생각이 있는 모양이오?"

"저기 있는 표물이 전부 놈들의 목표는 아닐 겁니다. 그렇지 않습니까? 어차피 목표는 표물의 안전한 운송입니다. 목적만 달성하면 되는 것이니 구태여 힘든 길을 갈 필요는 없지요."

"푸하하! 좋소! 좋은 생각이요!"

"청성에 연락해서 광원으로 와달라고 하십시오. 지금부터 전력으로 달리면 놈들과 마주치는 건 광원이 될 겁니다."

4장

전투

운상은 엉덩이를 털고 천천히 마차 좌측에 홀로 떨어져 쉬고 있는 한설아를 향해 다가갔다.

백건은 유혁과 함께 뭔가를 숙의하고 있는 중이었기 때문에 그녀의 곁에는 아무도 없었다.

운상은 헛기침을 한 후 털썩 주저앉으며 그녀에게 슬그머니 말을 붙였다.

"저기서 보니까 계속해서 뭔가를 보던데 무얼 그리 열심히 보고 계시오?"

"제가… 제가 뭘 봤다고 그러세요?"

얼굴을 발갛게 물들인 채 한설아가 말을 더듬었다.

그녀는 운상이 오기 전까지 운호가 만수자와 밀담을 나누는 걸 지켜보고 있었다.

강호를 호령하는 강호의 여협도 이런 상황에서는 당황하지 않을 수 없었던 모양이다.

그런 한설아를 향해 운상이 빙그레 웃었다.

"부끄럽소?"

"그만하세요! 안 그러면 화낼 거예요!"

"어허, 그건 안 될 말이오. 세상에 누가 자신을 위해 열심히 노력하는 사람을 욕한단 말이오."

"저를 위해 노력하셨다고요?"

"알면서 모른 척하는 거요, 아니면 정말 모르는 거요?"

"그건……."

한설아의 얼굴이 다시 붉어졌다.

섬서로 가는 표행에 따라붙으라는 암시를 한 것이 바로 운상이기 때문이다.

그럼에도 쉽게 고맙다는 말을 하지 못했고 속마음도 꺼내지 못했다.

자신의 마음을 온 천하에 드러낼 정도로 그녀는 배포가 크지 못했다.

시집도 안 간 처녀가 설레는 마음을 남에게 보이기 위해서는 많은 용기가 필요한 법이다.

그러나 운상은 오늘 기어코 그녀에게 고맙다는 말을 들으려고 작정한 것 같았다.

"이 표행으로 소저를 오게 만든 것 때문에 한 말이 아니오."

"그럼요?"

"내가 운호한테 지속적으로 소저 이야기를 하고 있기 때문이오. 사실 아까 그자들이 공격하려 했을 때 다른 사람들은 나서지 않으려 했소. 하지만 내가 강력하게 주장했소. 다른 사람은 몰라도 한 소저가 다치면 안 된다고."

"운호 소협이 아니고요?"

"운호는 청성의 일이라는 부담 때문에 망설이다가 한 소저가 다칠 수 있다는 말을 듣자 그때서야 나서더구려. 운을 뗀 건 내가 먼저였지만 전장에 먼저 나선 것은 운호였소."

"그 말, 정말이죠?"

"나는 거짓말을 못하는 사람이오."

운여는 멀찍이 떨어져 머리를 맞대고 뭔가를 이야기하며 웃고 있는 운상과 한설아를 의아한 눈으로 지켜보았다.

도저히 그의 머리로는 해석이 안 됐기 때문이다.

한설아는 운호에게 호감을 보였는데 웃고 떠드는 건 운상과 함께하고 있으니 그는 이 상황을 이해하기 위해 한참 머리를 싸매고 끙끙대야 했다.

결국 운여가 간 곳은 운호를 향해서였다.

운호는 만수자를 비롯해서 청성무인들이 표물을 끄집어내는 것을 지켜보고 있다가 운여가 다가오자 빨리 오라는 듯 손짓했다.

"저 사람들, 왜 표물을 전부 끄집어 내리는 거냐?"

"내가 그러라고 했다."

"쉽게 말해봐."

"만 냥의 값어치가 나가는 표물, 그걸 찾자고 했다. 다시 공격해 올 것이 뻔한데 이대로 당할 수는 없잖아?"

"그러니까 네 말은 중요한 표물만 찾아서 최대한 빨리 이동하자는 뜻이군. 그렇다면 일은 쉬워지겠네."

"청성의 입장에서는 그렇겠지. 청성은 표물을 찾으면 광원까지 전속력으로 움직일 거다. 만수자께서는 이미 청성 본산에 전서를 띄워 광원으로 지원 병력을 보내달라고 요청하셨다. 그러니 이제 우리가 할 일은 없어졌단 얘기다."

"같이 가지 않는단 뜻이냐? 그럼 우린 뭐 하고?"

"우린 저기 마차들과 이동한다."

운호가 알 듯 모를 듯한 미소를 짓자 운여의 인상이 찡그려졌다.

뭔가 다른 뜻이 있는 것 같은데 이번에는 쉽게 알아챌 수 없었기 때문이다.

운호의 설명이 이어진 것은 운여가 주먹을 쓰다듬기 시작했을 때다.

"사천사흉 중 몇 놈은 분명 이쪽으로 온다. 우린 남아서 놈들을 잡는다."

"아하!"

이제야 무슨 뜻인지 알 수 있었다.

너무 간단한 논리였는데 청성의 일에만 매달리다 보니 미처 생각하지 못했다.

운호의 논리는 이런 것이었다.

청성이 중요한 표물만 챙겨서 떠나면 분명 신비인들은 그들을 추격할 것이다.

하지만 그렇다 해서 진짜 표행을 완전히 포기한다는 건 말도 안 되는 일이었다.

놈들의 입장에서 본다면 청성이 조호이산지계를 쓸 가능성도 있기 때문이다.

따라서 운호의 말대로 놈들은 전력의 일부를 표행 쪽으로 붙일 가능성이 컸다.

그랬기에 운여는 자신의 허벅지를 때리며 새삼 감탄사를 터뜨렸다.

운호 이놈은 가끔 가다 귀신같은 짓거리를 하곤 했다.

특히 아주 어려운 것에 대한 해결책도 생각하지 못한 쪽에서 찾아내는 경우가 왕왕 있었다.

반대쪽에서 얼굴을 마주한 채 이야기하는 운상과 한설아를 바라보며 운여가 입을 연 것은 그런 이유 때문이었다.

"그건 아무래도 네 생각이 맞는 것 같다. 그러니 저들이 떠날 때 헤어지는 것으로 하자."

"그러지, 뭐."

"그나저나 재들은 지금 뭐 하고 있는 것 같냐?"

"저렇게 속닥거리는데 내가 어떻게 알아?"

"혹시 둘이 사귀는 거 아냐?"

"사이가 좋아 보이는 게 그럴 수도 있겠다."

"뭐냐, 너? 한 소저가 운상과 사귀어도 괜찮다는 거냐?"

"그러면 안 되는 이유라도 있어?"

"아, 이놈, 진짜. 내가 말을 말아야지."

운호가 자꾸 동문서답을 하자 운여가 홱하니 몸을 돌렸다.

계속해서 대화를 나누면 속이 터질 것 같았기 때문이다.

운상과 마찬가지로 자신 역시 운호가 깊은 밤 홀로 앉아 한숨 쉬는 게 무척이나 보기 싫었다.

아직 해보지 않았으니 사랑하는 사람과의 이별이 얼마나 아픈 건지 알지 못한다.

그럼에도 운호가 힘들어하는 걸 볼 때마다 진저리가 쳐졌다.

얼마나 아프기에 천하의 독종 운호가 저리 힘들어한단 말인가.

벗어나게 만들어주고 싶었다.

하루라도 빨리 새로운 사람을 만나 그 고통에서 벗어날 수 있다면 무슨 짓이라도 해줄 용의가 있었다.

말은 이상하게 했지만 운상이 한설아를 어떻게 해보기 위해 저리 찰싹 붙어 앉아 있는 건 아닐 게다.

분명 그는 늘 하던 대로 한설아와 운호가 잘되게 하기 위해 노력하는 중이 분명했다.

만수자가 그 많은 표물 중에서 직사각형의 길쭉한 나무 상자를 꺼내 든 것은 거의 이각이 지난 후였다.

사람은 마음이 급하면 행동도 급해지는 법인데 만수자가 그랬다.

그는 천을 마련해서 삼 척이 넘는 나무 상자를 등에 움직이지 못하게 가로로 멘 후 운호 일행에게 다가왔다.

서두르는 기색이 완연했다.

그의 얼굴은 무섭게 굳어져 있었는데 표물의 정체를 확인했기 때문인 것 같았다.

표물의 정체.

만수자 혼자서 골라낸 표물은 오직 그만 확인했기에 이곳에 있는 누구도 그 표물이 무엇인지 알 수 없었다.

언제나 온화하던 만수자의 얼굴이 무섭게 경직된 것을 보면 표물의 가치를 상상할 수 있었기에 운호 일행은 아무 말 없이 만수자가 입을 열 때까지 기다렸다.

가르쳐 달라고 해서 가르쳐 줄 거였다면 애초부터 자신의 분신처럼 몸에 매달지도 않았을 것이다.

역시 예상은 맞았다.

만수자는 표물에 대해서는 언급을 회피하고 곧장 본론을 꺼냈다.

"우리는 지금 떠나려 하오. 마검 일행은 어쩌시려오?"

만수자가 여전히 굳은 얼굴로 물었다.

하지만 그것은 질문이 아니라 통보나 다름없는 말투였다.

쉽게 말해 이제부터는 청성 홀로 갈 테니 따라오지 말라는 태도였다.

도와준 사람들에게 할 행동을 아니었으나 운호는 이해한다는 얼굴로 고개를 끄덕였다.

얼마나 급하면 만수자 같은 사람이 그리했을까.

그랬기에 운호가 일행을 대표로 나서며 정중하게 포권을 취했다.

"우리는 급한 일이 없으니 천천히 갈 생각입니다. 보아하니 급하신 것 같은데 먼저 떠나시지요."

"이해해 주니 고맙소. 그럼 먼저 떠나리다."

겸양의 말조차 하지 않는다. 그만큼 급하다는 뜻이다.

만수자의 손짓에 즉시 따라붙은 청성의 무인들이 동시에 운호 일행에게 포권을 취했다.

그들은 사숙의 행동에 이상한 낌새를 눈치챘는지 입도 벙

긋하지 않고 운호 일행과의 이별을 받아들였다.

그러나 오직 한설아만은 갑작스러운 이별에 어쩔 줄을 몰라 하며 발을 동동 굴렀다.

조금 전까지만 해도 운상의 도움을 받으며 즐거운 상상을 하던 그녀이다.

광원까지 여행하면서 운상이 가르쳐 준 대로 운호와 조금 더 가까워지는 시간을 가지려 했다.

하지만 그러한 계획과 즐거운 상상은 일순간에 깨져 버렸고 오직 아쉬운 이별만이 남았다.

번개처럼 사라져 가는 사숙과 사형들의 신형은 아련한 그녀의 시선조차 오래 머물지 못하게 만들고 있었다.

청성무인들이 한꺼번에 사라져 버리자 표두 황충은 운호 일행의 눈치를 슬금슬금 보기 시작했다.

이전처럼 복면인들이 다시 공격해 온다면 그들로서는 막아낼 방법이 없기 때문이다.

그도 표국 밥을 먹은 지 이십 년이 넘었기 때문에 지금의 상황을 너무나 잘 알고 있었다.

만수자가 가져간 것은 보나마나 복면인들이 노리는 것임이 분명했다.

그럼에도 그는 운호처럼 복면인들이 다시 공격해 올 거라는 추측을 하고 있었다.

오래된 경험에서 얻은 결론이다.

중요한 것을 노리는 자들은 어떤 것이든 결코 그냥 흘리는 법이 없다.

그의 눈으로 본 운호 일행의 무력은 막강 그 자체였다.

복면인이 아니라 그 할아비가 온다 해도 운호 일행만 있으면 안전할 것 같았다.

그랬기에 황충은 운호 일행에게 다가와 걸음을 멈춘 후 조심스럽게 입을 열었다.

"저기, 대협들께서는 어쩌실 생각인지요?"

"뭘 말씀입니까?"

"표행의 목적지는 광원입니다. 아쉽게도 청성의 대협들이 떠나 버려 저희 목숨이 위험하게 되었습니다. 그러니 다른 목적지가 없다면 저희와 같이 가주십시오. 작으나마 호위 비용은 별도로 드리겠습니다."

"그렇지 않아도 그러려 했소."

"정말이십니까?"

"우리는 탕마행을 위해 내려온 사람입니다. 사문의 명에 의해 협의를 실천함이니 어찌 그대들을 사지에 놓고 떠날 수 있겠소. 걱정 안 하셔도 되오."

"고마운 말씀입니다. 정말 고맙습니다."

운여의 대답에 황충의 얼굴이 활짝 폈다.

표행을 수행하면서 엄청난 압박감에 시달렸고 복면인들의

공격으로 죽다 살아나기까지 했기 때문에 그의 심지는 약해질 대로 약해진 상태였다.

그런 마당에 천하를 쩌렁하게 울린 마검 일행이 호위해 주겠다는 약속을 하자 그는 금방 자신감을 회복하고 표사들을 독려해서 출발 준비를 서둘렀다.

운호 일행은 황충에게 약속을 한 후 표행이 출발하자 모습을 감췄다.

그들의 최종 목적은 사천사흉을 잡는 것이기 때문에 은밀하게 표행을 따르면서 주변을 경계했다.

사천사흉은 그들이 표행과 함께하고 있다는 것을 알게 되면 공격을 포기하고 도주할 가능성이 컸다.

서른 가까운 인원으로 출발한 표행의 숫자는 이제 열셋으로 줄어 단출하게 느껴질 정도였다.

평상시의 표행이었다면 쟁자수를 비롯해서 마부들이 따라붙었겠지만 위험하다고 판단한 국주 현천우는 표사들로 그들의 숫자를 대신했다.

무척 현명한 판단이었다.

만약 그들이 따라왔다면 이전 싸움에서 태반이 목숨을 잃었을 것이다.

운호를 비롯해서 운상과 운여는 표행을 중앙에 두고 삼각형 형태로 멀찍이 떨어져 전진하고 있었다.

놈들의 접근을 외곽에서 확인하고 도주로를 차단하기 위함이다.

예상대로 놈들이 나타난 것은 청성무인들이 떠난 그다음 날 저녁이었다.

광원까지는 반나절이 남은 거리였으니 목적지를 코앞에 둔 곳이다.

나타난 자들은 혈번과 신마, 그리고 이십여 명의 도객이었다.

그들은 복면을 하고 있지 않았다.

무슨 이유에선지 복면을 벗고 있었는데 혈번과 신마의 얼굴은 명부에 묘사된 것과 흡사했다.

문제는 적색 도객들이었다.

그들은 나타난 이후 한 치의 미동조차 보이지 않고 혈번과 신마가 하는 짓을 지켜보기만 했다.

가면을 쓴 것과 같은 얼굴. 몸에서 흘러나오는 불편한 기운은 시리도록 차가운 살기였다. 그 기세가 얼마나 강렬했던지 표사들은 그들이 나타나자마자 두려움으로 칼조차 빼지 못하고 있었다 이전의 흑건 복면인들과는 근본부터 다른 자들이었다.

혈번과 신마가 앞으로 나서며 황충을 닦달했기 때문에 처음에는 그들이 적색 도객들을 이끈다고 생각했으나 장내에 도착하자 그 판단이 틀렸다는 걸 금방 알 수 있었다.

개개인의 무력은 혈번에 비해 떨어질지 모르지만 만약 붙는다면 혈번은 그들 셋을 감당하기 어렵다.

혈번이나 신마처럼 혼자 강호를 떠돌아다니는 자가 아니라 하나의 전투부대에 소속된 특수병기란 뜻이다.

칠절문과의 전투에서 운호는 그런 자들과 싸운 경험이 있다.

하지만 이전에 싸운 어떤 부대의 무인보다 더 강하고 위험하게 느껴졌다.

그랬기에 황금 번개 문양의 사내는 오지 않았으나 이번 싸움은 오히려 이전보다 훨씬 더 위험할 거라 생각했다.

이런 자들의 집단 공격 능력은 상상할 초월할 정도로 강하기 때문이다.

운호가 천천히 걸어 장내로 들어선 것은 금마혈번의 붉은 깃발이 막 뽑혀 나올 때였다.

그의 흑룡검은 어깨에 걸쳐 있었고 두 눈은 장내에 있는 이십여 명의 적색 도객을 훑은 후 혈번을 향해 움직였다.

"고맙다. 와줘서."

"으… 마검!"

혈번의 입에서 신음성이 흘러나왔다.

그도 이전 싸움에서 단황야와 눈앞에 있는 마검의 싸움을 봤다.

절대의 무력을 가진 자.

사천을 휩쓸고 다니며 그 누구도 무서워하지 않았으나 직접 마검의 위력을 확인했기에 두려움이 솟구쳤다.

그랬기에 표행을 추적하며 마검 일행의 부재를 확인한 후에야 나타났는데 놈은 기다렸다는 듯 결정적인 순간에 모습을 드러냈다.

그물을 쳐놓고 기다렸다는 뜻이다.

기분은 더러웠으나 혈번은 적기(赤旗)에 힘을 가하며 눈을 부릅떴다.

혼자라면 모를까, 신마가 있고 철령대의 정예 이십 명이 같이 왔다.

비록 놈에게 대단한 조력자가 있다고는 하나 이 정도면 충분히 싸워볼 만한 전력이었다.

더군다나 그는 선택의 여지가 없었다.

만약 여기서 마검이 두려워 표물을 포기하고 도망친다면 처참한 죽음을 면할 수 없기 때문이다.

마검도 두려웠으나 자신을 조종하는 단체의 힘은 두려움을 넘어 경이적인 것이었다.

운호는 혈번이 기세를 끌어올리며 싸움을 준비하자 손을 들어 그를 제지했다.

싸우기 전에 알아야 할 것이 있기 때문이다.

"잠깐, 혈번. 한 가지만 묻자."

"뭘 말이냐?"

"당신은 언제나 혼자 다닌 것으로 아는데 도대체 누구에게 명령을 받는 건가?"

"내가 말해줄 것 같나?"

"그럴 리가 없겠지. 하지만 생각은 해봐. 천하의 혈번을 협박해서 개처럼 부려먹는 자들에 대해서 말이야."

"시끄럽다!"

슬쩍 건드렸더니 바로 튀어 오른다.

그만큼 성격이 다혈질이란 뜻이고 자신의 처지가 불만족스럽다는 것이다.

운호는 그의 눈을 노려본 채 계속해서 말을 이어나갔다.

"혈번을 보고 마두라고 부르더군. 숱하게 많은 사람을 이유도 없이 죽였기 때문이지. 도대체 왜 사람들을 그렇게 미친 듯이 죽이는가 하고 알아봤더니 당신의 불행했던 과거가 나오더군. 당신은 가난하고 힘없는 자들을 죽이지 않았다. 비겁하지도 않았고 언제나 자존심을 지키며 강호를 활보했지. 그런 당신이 왜 하수인이 되었는지 정말 이해할 수 없다."

"사람이 살다 보면 어쩔 수 없이 해야 될 일도 있는 법이다."

"좋아, 말하고 싶지 않으면 하지 않아도 돼. 대신 이건 대답해 줬으면 좋겠군. 광원에는 얼마나 갔나?"

"그들을 충분히 죽일 수 있을 만큼."

"청성에서 지원군이 오는데도?"

"당연하다. 그 정도의 정보력도 없이 움직였겠는가. 청화전이 나섰으니 그들은 살아남지 못할 것이다."

"청화전이 무엇이냐?"

"그만하고, 검이나 뽑아라."

혈번은 적기를 끄집어 올려 운호의 눈을 겨냥했다.

더 이상 대화를 나누지 않겠다는 의지다.

아마 그것은 뒤쪽에서 냉막한 표정으로 서 있는 적의도객들로 인해서인 것 같았다.

그들은 혈번의 대화가 진행될수록 차가운 살기를 뿜어내고 있었다.

운호는 어깨에 걸쳐 놓았던 흑룡검을 천천히 끄집어 내렸다.

이제 대화는 끝났고, 한바탕 피비린내 나는 싸움을 벌여야 할 때였다.

왼손 엄지로 검병을 슬쩍 튕긴 운호가 뒤쪽에서 두려운 눈으로 바라보는 황충과 표두들을 향해 소리를 쳤다.

"황 표두, 표사들을 이끌고 뒤로 물러나시오! 이 싸움은 우리가 하겠소!"

좌방과 우방에서 각기 나타난 운상과 운여가 몸을 날려 운호의 좌우측에 각기 섰다.

그들은 주춤주춤 물러서는 표사들의 전면을 가로막고 전열을 형성하는 적들을 지켜봤다.

역시 놈들은 전투부대가 맞았다.

도객들은 마치 기계처럼 움직여 일곱씩 나뉘더니 운상과 운여를 압박했다.

나머지 여섯은 혈번과 신마의 좌우를 받치며 섰는데 운호를 공격하겠다는 진형이다.

싸움은 좌측의 운상 쪽에서부터 시작되었다.

아니다. 거의 동시에 우측의 운여가 몸을 날려 도객들 속으로 파고들며 검을 날렸으니 어디가 먼저라고 말하기가 어렵다.

처음부터 굉렬한 접전이다.

흑의복면인들과의 싸움은 일방적이었으나 적색 도객들은 협공의 진수를 선보이며 운상과 운여를 압박하고 있었다.

그러나 중앙은 아직 전투가 시작되지 않았다.

선두에 선 혈번이 움직이지 않았기 때문인데, 그는 운호의 검이 뽑히기를 기다리는 것 같았다.

정정당당한 승부를 원해서가 아니다.

고수의 검은 오히려 발검할 때가 가장 위험했기에 혈번은 선불리 공격하지 못하고 충혈된 눈으로 운호의 몸을 노려보는 중이었다.

그랬기에 운호는 흑룡검을 천천히 빼 들었다.

미리 알고 기다린다면 그에 맞춰 상대해 줄 생각이다.

"이제 뽑았으니 와라!"

"그러지 않아도 그러려고 했다."

운호의 검이 뽑혀 자신의 미간을 노리자 혈번의 펼쳐졌던 적색 깃발이 순식간에 감겨 창처럼 변하며 급작스럽게 쇄도해 들어왔다.

혈번의 공격이 신호가 되어 다른 자들의 움직임을 불러일으켰다.

그가 움직이자 어느새 신마가 좌측에서 구절편으로 다리를 쓸어왔고, 적색 도객들은 사방을 점유한 채 운호의 전신을 한꺼번에 찍어왔다.

무시무시한 공격.

천지사방을 휩쓰는 회오리 같은 공격이다.

하지만 운호의 눈은 냉정하게 혈번을 향한 채 움직이지 않았다.

쐐액!

흑룡검에서 발현된 검기가 순식간에 사방을 쓸었다.

운호의 명호는 점창마검.

무림백대고수로까지 거론되었던 운호의 검은 이 년간의 칩거 수련을 통해 혈번과 도객들이 막을 수 있는 수준을 넘어선 지 오래였다.

그들의 수준이 아무리 대단해도 절대의 경지로 들어선 운호의 검은 거대한 파도가 움직이듯 그들이 펼친 공격을 한꺼번에 뒤덮어 버렸다.

섬전(閃電), 풍영(風影), 월파(月破)로 이어지는 연환 공격이 터졌다.

먼저 덤볐던 혈번과 신마가 튕겨지듯 뒤로 물러났고, 곧이어 도객들이 공격해 오던 역방향으로 비산되어 날려갔다.

둘은 쓰러져 일어서지 못했고, 나머지도 제대로 서지 못한 채 눈을 부릅뜨고 있다.

무슨 일이 있어도 바뀌지 않을 것 같던 그들의 냉막했던 얼굴은 사신을 본 것처럼 경악으로 물든 채 부르르 떨고 있다.

운호의 검은 망설임이 없다.

이 년 전 황수전투에서 익힌 실전 경험은 그에게 동정과 자비가 얼마나 부질없는 것인가를 충분히 알려주었다.

그랬기에 그의 검은 비틀거리는 그들의 중심으로 파고들며 낙영(落英)과 무영(無影)을 날렸다.

팡, 파파팡!

전력으로 반격했으나 압도적인 힘의 차이는 그들의 병기를 철저하게 파괴했고 육신마저 버티지 못하게 만들었다.

또다시 일격에 두 명이 쓰러졌고 한 명이 전장에서 이탈했다.

멈추지 않는 진격.

불과 십 초.

신마를 비롯해서 여섯 명의 도객이 핏물 속에 잠긴 것은 십 초 만에 벌어진 일이었다.

쓰러진 자들보다 이 장이나 뒤쪽으로 물러나 무릎을 꿇고 있던 혈번이 옆구리에서 삐져나오는 창자를 손으로 막은 채 헐떡거렸다.

"헉헉! 이 정도일 줄이야. 정말 대단하다. 왜… 나를 죽이지 않느냐?"

"어차피 너는 죽는다. 그러니 말하라. 너의 자존심을 망가뜨린 자들에 대해서."

"크윽! 그게 그렇게 궁금했단 말이냐?"

"자, 시간이 얼마 안 남았다. 어서 말해."

"듣지 않는 게 좋을 텐데?"

"왜?"

"듣는 순간 너뿐만 아니라 점창 전체가 위험해질 수 있다. 그래도 괜찮겠느냐?"

"괜찮다! 말해!"

"좋다. 헉헉, 어차피 죽을 테니 말해주마. 저승에서 구경하려면 판이 커지는 게 좋을 테니 말이다. 놈들은……."

혈번의 이야기가 시작된 것은 운상과 운여가 적색 도객들을 일방적으로 몰아붙이다가 하나둘 쓰러뜨리기 시작할 때였다.

그의 입에서 나온 말은 쉽게 믿을 수 없을 만큼 대단해서 운호는 입을 떠억 벌렸다.

워낙 중상을 입었기 때문에 자꾸 입에서 피가 쏟아져 나왔으나 그는 결심한 듯 끝까지 자신의 말을 끊지 않았다.

하지만 그에게는 많은 시간이 남아 있지 않았다.

아직 들어야 할 정보가 많았지만 그는 불과 반각을 넘기지 못하고 거짓말처럼 몸을 늘어뜨렸다.

사천을 넘나들며 갖은 악행을 저지르던 혈번의 마지막치고는 너무나 허무한 죽음이었다.

운호가 혈번에게서 떨어져 나왔을 때 운상과 운여도 싸움을 끝내고 다가왔다.

피로 물든 검을 천으로 닦은 후 검집에 넣은 그들은 조용히 다가와 운호가 입을 열 때까지 기다렸다.

이마를 찡그리고 지그시 눈을 감고 있다.

이것은 운호가 뭔가를 깊게 생각할 때 하는 버릇이다.

그랬기에 그들은 운호를 가운데 두고 침묵을 지켰다.

운호가 눈을 뜬 것은 그리 오래 걸리지 않아서였다.

그는 눈을 뜨자마자 급히 입을 열었는데 서두르는 기색이 완연했다.

"우린 광원으로 간다. 최대한 빠른 속도로!"

"왜?"

"청성이 위험하다."

"이미 늦었어. 놈들은 아마 시간을 맞췄을 거야. 이쪽과 그쪽을."

운호의 말에 운여가 고개를 흔들었다.

정확한 판단이다. 하지만 그렇다고 해서 이대로 모른 척할 수도 없다.

다른 사람은 몰라도 한설아만은 살리고 싶었다.

"알아. 하지만 살아 있을 수도 있잖아."

"그녀 때문이냐?"

"꼭 그것만은 아냐. 나중에 말해줄게."

"알았다."

운상과 운여는 더 이상 토를 달지 않았다.

친구가 말했고, 친구로서 들었기 때문이다.

운호가 뒤로 물러난 황충에게 시신의 처리를 부탁하고 먼저 떠난다는 인사를 했을 때 그들은 자신들의 짐을 챙긴 후 벌써 광원 방향으로 움직이고 있었다.

결정한 후의 그들의 행동은 언제나 일사불란했다.

어둠은 그들의 전진을 막지 못했다.

마차로 반나절의 거리였지만 전력으로 신법을 발휘하자 광원은 두 시진도 채 걸리지 않았다.

하지만 문제는 청성무인들의 행방을 알지 못한다는 데 있었다.

광원에 도착했으나 어디가 목적지인지 알 수 없으니 막다른 길에 몰린 것과 다름없게 되었다.

"어떡하지?"

"할 수 없다. 흩어지자."

"그게 좋겠다."

"대신 불리하면 싸우지 말고 피해. 괜히 목숨 걸지 말고. 위험하면 신호 보내는 거다. 알았어?"

"그놈 참, 알았으니 방향 정해."

운호가 눈을 부라리자 운상이 손사래를 쳤다.

잔소리는 더 이상 듣고 싶지 않다는 행동이다.

"분명 시가지에서는 일을 벌이지 않았을 거다. 하지만 시가지에서 가깝다."

"시가지일 수도 있다. 표행의 최종 목적지는 도시 내의 어떤 곳이었을 테니까."

"좋아, 그럼 운상 네가 도시로 들어가. 나와 운여는 외곽을 찾아볼 테니까. 해시에 여기서 다시 만나는 것으로 하지."

"좋아."

해시라면 두 시진 후다.

광원 외곽을 찾기 위해 충분한 시간은 아니었다.

하지만 그렇다고 시간을 정해놓지 않은 채 무작정 수색할 수도 없는 노릇이었다.

적이 강하다는 건 위험의 강도가 크다는 걸 의미했기 때문이다.

운호는 친구들과 헤어져 광원 외곽 동쪽으로 움직였다.

아무리 생각해도 도시 내에서 일을 벌이지는 않았을 것 같았다.

무인들의 세계는 범인들의 세계를 가급적 침해하지 않는 불문율이 있고, 놈들은 은밀하게 일을 진행해야 할 이유가 있기 때문이다.

그랬기에 운호는 천천히 신법을 펼치며 샅샅이 훑었다.

표행이 있던 곳에서 그들은 광원까지의 직선로를 따라왔다.

그 이야기는 급하게 움직인 청성의 예상 경로를 그대로 따라왔다는 얘기도 된다.

싸움이 벌어졌다면 분명 그들이 도착한 곳에서 그리 멀리 떨어져 있지 않을 게 분명했다.

그리고 그의 추측은 그대로 맞아들었다.

불과 오 리도 떨어지지 않은 곳에서 격렬한 싸움의 흔적이 나타났기 때문이다.

그 흔적은 동쪽으로 계속 이어지다가 사방으로 흩어졌다.

싸움의 분산.

누군가가 고의로 의도하지 않은 이상 나타날 수 없는 행적이다.

운호는 사방을 살피다가 그중 흔적이 가장 큰 쪽으로 방향을 잡았다.

흔적이 크다는 것은 그만큼 싸움이 격렬했다는 것을 의미한다.

흔적은 한곳에 머물지 않았다.

추격전.

한쪽은 쫓기고 다수가 추격하는 형태.

쫓기는 사람들의 무력이 워낙 강해서인지 대부분의 시신은 청갑을 몸에 두른 괴인이었다.

하지만 이 리 정도 따라가자 청성무인들의 시신들도 나타나기 시작했다.

싸움이 점점 어려워졌다는 뜻이다.

그랬기에 운호는 신법의 속도를 올렸다.

이름 모를 산과 이어지는 둔덕을 넘어서자 십여 구의 청갑 괴인 시신과 세 명의 청성무인 시신이 나타났다.

얼마나 치열한 접전이 펼쳐졌는지 둔덕의 평지는 성한 나무가 없을 정도였다.

지금까지 하나로 뭉쳐 있던 흔적들이 또다시 사방으로 갈라졌다.

여기서 청성무인들이 각자 흩어져 탈출을 시도한 것으로 보였다.

운호는 쓰러진 청갑괴인들의 시신을 세밀하게 살핀 후 지체 없이 산기슭을 향해 신형을 날렸다.

산 쪽으로 향해 쓰러진 시신의 가슴 상처가 다른 쪽에 쓰러진 자들의 상처보다 얇았다.

면검에 당했다는 증거다.

한설아는 여인들이 주로 사용한다는 은하검(銀河劍)을 소지하고 있었으니 그녀는 산 쪽으로 도주했을 가능성이 컸다.

싸움이 벌어진 시각은 피의 응고와 시신의 경직 상태로 봤을 때 반 시진 전으로 추정되었다.

최대한 빨리 움직인다면 그녀를 구할 수도 있었다.

그때부터 운호는 전속력으로 유운신법을 운용했다.

사위는 칠흑 같은 어둠 속에 잠겼지만 그는 잠시도 멈추지 않고 나무와 나무 사이를 차고 오르며 신형을 날렸다.

저절로 급해지는 마음과 달리 놈들의 흔적은 갈수록 약해져 일각이 지나자 완전히 끊어져 버렸다.

신형을 멈추고 눈을 감은 채 내력을 극도로 끌어올려 사방으로 내기를 쏘아 보냈다.

이것으로도 기척을 감지하지 못한다면 그녀를 찾지 못한다.

좌방에서 여인의 끊어질 듯한 비명 소리가 미약하게 들린 것은 눈을 감은 지 다섯 호흡 만이었다.

단 한 번의 비명만으로도 그녀가 한설아란 것을 알 수 있었다.

그녀의 비명은 마치 영혼을 끌어당기는 것처럼 애절했다.

5장

여인의 눈물

한설아는 운호 일행과 헤어진 후부터 사형들을 따라 전력으로 신법을 펼쳤다.

사숙인 만수자가 워낙 서둘렀기 때문에 두 시진에 달하는 거리를 한 번도 쉬지 않고 움직였다.

사문에서 내려온 사숙들과 사형들이 그들을 기다린 것은 광원으로 진입하기 바로 직전인 혼천이었다.

사숙의 서두름에 매우 중요한 일이 생겼다는 걸 알았지만 설마 만호자와 네 명의 사숙이 내려올 줄은 꿈에도 생각지 못했다.

만호자는 청성이 만송자와 더불어 천하에 자랑하는 청성

이절 중 한 명이다.

그의 명호는 파혼검(破魂劍)으로 무림백대고수에 속한 절대검객이다.

내심의 긴장은 만호자와 사숙들, 그리고 서른에 달하는 사형들의 가세로 순식간에 풀렸고, 대신 오랜만의 해후로 웃음꽃이 피어올랐다.

하지만 해후의 기쁨은 그리 오래가지 않았다.

땅거미가 어둑해져 사람의 모습이 흐릿하게 보이기 시작할 때 적들은 마치 유령처럼 나타나 그들을 포위해 왔다.

이백에 달하는 청갑의 괴인.

단창을 소지한 청갑의 괴인들은 이십 명이 한 조가 되어 십방을 차단하며 다가왔는데 그 기세는 숨이 막힐 정도로 대단했다.

하지만 진짜 문제는 그들의 전면에 선 일곱 명의 복면인이었다.

중강에서 본 단황야란 인물뿐만 아니라 그와 비슷한 복장을 한 여섯 명의 검객은 가히 폭풍 같은 기세를 흘리고 있었다.

그럼에도 청성의 무인들은 두려워하지 않았다.

만호자와 다섯의 만자배 무인이 있었고, 서른셋의 일대제자가 포진했으니 웬만한 문파는 일거에 쓸어버릴 수 있는 전력을 갖췄기 때문이다.

하지만 그 자신감은 싸움이 벌어진 후 일각이 지나면서 깨져 버렸다.

적들의 무력은 상상을 초월할 정도로 강했고, 특히 황금 번개 문양의 검객들은 만호자를 비롯해 만자배 사숙들을 완벽하게 차단해 청갑괴인들에게 눈을 돌리지 못하도록 만들었다.

일대제자만으로 청갑괴인들을 상대하기에는 무리가 따를 수밖에 없었다.

그들의 공격은 괴이하고도 독했고, 워낙 인원수의 차이가 컸기 때문에 지속적인 피해가 발생했다.

상황이 변한 것은 불과 이각이 지나지 않아서였다.

비록 불리했지만 싸움을 포기할 거란 생각을 갖지 않았는데 그녀의 예측과는 달리 사숙들은 네 방향으로 흩어지며 포위망을 뚫고 도주하기 시작했다.

적들의 강력한 공격도 원인이었지만 만수자가 지닌 상자를 지키기 위함이 분명했다.

사로의 도주와 사로의 추적.

그녀가 속한 도주로를 이끈 것은 만호자였고, 적의 선두에는 단황야가 있었다.

만호자는 무조건 도주한 것이 아니라 중간 중간 돌아서서 적들을 향해 공격을 시도해 청갑괴인의 숫자를 줄였다.

일대제자들의 안전과 적의 추적을 가급적 늦추기 위한 노력이었다.

하지만 그런 노력은 처음에만 빛을 발했을 뿐 단황야가 적극적으로 대응해 오자 헛된 수고가 되어 산으로 들어가는 둔덕에서 결국 적들에게 포위당하고 말았다.

치열한 접전.

사십 명에 둘러싸인 일곱의 청성무인은 필사적으로 공격을 막아냈으나 시간이 지날수록 수세에 몰렸다.

청갑의 괴인들을 열이나 베었지만 청성 쪽도 셋이나 죽었다.

남은 것은 넷이었으나 몸이 성한 채 움직이는 건 만호자 하나뿐이었다.

악전을 거듭했으니 서너 군데 상처를 입어 나머지는 온몸이 피로 물들어 있었다.

한설아도 마찬가지.

그녀는 왼팔과 옆구리, 그리고 허벅지에 부상을 입어 움직이기가 쉽지 않았다.

만호자가 단황야의 공격을 뿌리치고 서쪽으로 몸을 날린 것은 그녀가 공격해 온 청갑괴인의 가슴을 찢은 후 뒤로 물러설 때였다.

설마했으나 만호자는 슬픈 눈으로 그녀를 한 번 바라본 후 지체 없이 단황야를 뒤에 매달고 둔덕을 벗어났다.

그것은 백건을 비롯해서 악전고투하던 유혁도 마찬가지

였다.

망설이지 않은 후퇴.

각자의 방향을 잡은 그들은 청성의 독문신법인 암향표를 펼쳐 순식간에 시야에서 사라져 갔다.

설명은 길었으나 그녀 역시 마찬가지였다.

무인은 눈과 눈으로 말하고 몸과 몸으로 뜻을 주고받는다.

만호자가 그들을 봤을 때 만수자가 들고 있던 상자가 그에게 있다는 것을 알 수 있었다.

그의 눈은 도주를 생각하고 있었고, 그녀와 사형들은 즉시 그 의미를 눈치챈 후 즉시 몸을 날렸다.

청성의 일절 암향표는 평지보다 산과 같은 지형에서 더 큰 위력을 발휘하는 신법이다.

그랬기 때문인지 전력을 다해 신법을 운용하자 여섯 명의 추적자가 순식간에 오 장 거리로 벌어졌다.

안도의 한숨이 나왔다.

이대로라면 추적에서 벗어날 수 있을지도 모른다는 희망에 최선을 다해 연신 몸을 날렸다.

어둠은 그녀의 편이었으나 시간은 그녀의 편이 아니었다.

왼팔의 상처는 그런 대로 버틸 수 있었지만 옆구리와 허벅지의 상처는 시간이 지날수록 그녀를 힘들게 만들었다.

이대로라면 당할 수밖에 없다.

놈들의 무력은 셋은 어렵고 둘은 충분히 감당이 된다.

더 기력이 떨어지기 전에 놈들을 분산시켜 기습으로 잡는다면 승산이 있을지도 모른다.

그랬기에 그녀는 지속적으로 움직이며 반격할 장소를 물색하기 시작했다.

전력으로 암향표를 펼쳐 이십 장 간격까지 벌여놨기 때문에 놈들은 그녀의 행적을 알지 못한다.

행적을 알지 못한다는 건 정확한 방향도 모른다는 뜻이다.

추적의 기본은 적의 동체가 확인되었을 때 빼고는 언제나 분산이 최적의 방법이다.

우르르 몰려다니는 건 도주자가 무사히 도망가기를 간절히 바라는 행동과 다름없는 짓이기 때문이다.

놈들은 예상대로 순식간에 세 갈래로 방향을 정해서 추적해 왔다.

방향이 갈린다는 건 시간이 지날수록 놈들의 간격이 벌어진다는 걸 의미했기에 한설아는 아픈 몸을 이끌고 계속해서 몸을 날렸다.

그런 후 반각이 지난 후 바위틈에 몸을 숨겼다.

이 정도면 반격을 통해 놈들을 주살한다 해도 나머지 적들이 즉시 지원할 수 없는 거리를 확보했다는 판단이 들었다.

숨을 죽인 채 검을 빼 들고 기다리자 불과 얼마 지나지 않아 옷자락 소리가 들리더니 그녀가 숨은 바위 위로 청갑의 사내가 뛰어오르는 게 보였다.

앞의 놈은 보내고 뒤의 놈을 덮쳤다.

뒤를 따르던 자는 앞장선 자가 무사히 지나가자 방심을 한 상태에서 한설아의 공격을 받았기 때문에 단 일격에 쓰러져 몸을 일으키지 못했다.

삐익!

앞장섰던 자를 공격하기 위해 검을 올릴 때 놈은 벌써 호각을 분 후 단창을 마주 뻗어오고 있었다.

여기서 시간을 끌면 더 이상 벗어날 방법이 없다는 걸 누구보다 그녀가 잘 알고 있다.

청명심법을 극도로 끌어올렸고, 그녀가 익힌 청운적하검 중 가장 위력이 강한 전신회추(轉身回由)를 펼쳤다.

선풍이 먼저 불며 검기를 회전시켜 적의 오대 사혈을 한꺼번에 노렸다.

강력한 일격.

청갑괴인도 피할 수 없는 공격이란 걸 느꼈는지 공중으로 뛰어오르며 단창을 일곱 번 연속으로 찔러왔다.

콰앙!

정상의 몸이었다면 일 초에 쓰러뜨렸을 테지만 내력이 중간 중간 끊어졌기 때문에 놈의 가슴에 상처를 냈을 뿐 죽이지는 못했다.

그랬기에 그녀는 다시 한 번 도약하며 전신회추를 날렸다.

피가 먼저 뿌려졌고, 뒤이어 괴인의 몸이 고목나무 쓰러지듯 엎어졌다.

하지만 그녀 역시 놈의 창에 어깨가 찔려 피가 분수처럼 뿜어져 나왔다.

부상의 여파 때문이다.

옆구리의 상처는 몸을 경직시켜 충분히 피할 수 있는 공격조차 피하지 못하고 또다시 상처를 입게 만들었다.

내력을 전력으로 끌어올렸기 때문인지 아물었던 상처들도 다시 벌어지며 피가 새어 나오기 시작했다.

끈적끈적하고 불쾌한 느낌.

자신의 피가 흘러 몸을 적시면 사람은 저절로 움츠러들게 되어 있다.

더군다나 적들이 이곳을 향해 날아오고 있다는 생각이 들자 한설아는 마지막 힘까지 짜내어 서쪽 방향을 향해 몸을 날렸다.

속도가 훨씬 느려졌다.

암향표의 신비로운 위력도 내력이 떨어지고 몸의 균형이 무너지자 제대로 된 위력을 발휘하지 못했다.

결정적으로 적을 불러들인 것은 피비린내였다.

전신에서 흐르는 혈향은 적에게 이정표나 다름없었다.

두 명의 청갑괴인이 그녀의 좌측에서 내려찍듯 공격해 온 것은 불과 반의 반각도 지나지 않을 때였다.

급격히 방향을 돌리며 피했으나 충돌의 여파로 다섯 걸음이나 튕겨져 나갔다.

놈들은 시퍼런 눈을 빛내며 좌우에서 협공을 해왔는데 어찌나 절묘하던지 연신 뒤로 물러날 수밖에 없었다.

내력이 제대로 이어지지 않은 탓이다.

병기가 충돌할 때마다 여파를 이겨내지 못하고 밀리니 제대로 된 싸움이 되지 못했다.

그럼에도 한설아는 마지막 한순간 팽이처럼 회전하며 왼쪽에서 단창을 찔러온 자의 다리와 허리를 연환으로 베었다.

남아 있던 마지막 힘을 다한 공격.

그것을 끝으로 그녀는 바닥에 쓰러져 움직이지 못했다.

숨은 가빠오고 헛구역질이 자꾸 올라왔다.

움직임을 멈추고 땅에 눕자 찢어진 옆구리와 어깨를 관통당한 상처에서 고통이 쏟아져 나왔다.

청갑의 괴인은 헐떡이는 그녀에게 다가와 이를 드러내며 단창을 치켜들었다.

그의 눈은 깊게 가라앉아 있었는데 사람을 죽이기에 더없이 어울리는 눈이었다.

일말의 동정심도 없고 주저함도 없다.

하지만 괴인은 단창을 내리찍지 못하고 몸을 부르르 떨다가 그 자리에서 풀썩 쓰러져 버렸다.

새로 나타난 자들은 사십 중반의 사내였다.

유독 청갑을 입지 않았기 때문에 눈에 띄던 자들, 바로 능외쌍마였다.

놈들은 처음부터 한설아의 도주로 후미에 처져서 따라오며 기회를 노렸다.

목적은 오직 하나. 한설아를 수중에 넣기 위함이다.

검은 안대를 한 손평이 득의의 웃음을 흘리며 형인 손칠을 쳐다봤다.

그의 칼은 쓰러진 괴인의 피가 뚝뚝 흐르고 있었다.

"켈켈, 봐라. 내 말대로 됐잖아."

"잘했다."

"시간이 없으니까 빨리 하자고. 앞장서서 괜찮은 장소 찾아봐."

"저년은?"

"내가 제압해서 업고 갈 테니까 걱정 말고."

"좋아, 십전 중 하나를 먹는 행운이 오다니, 오늘 일진은 올해 중 최고인 것 같구나."

손칠이 징그러운 웃음을 흘리는 동안 손평은 괴로워하는 한설아의 혈도를 제압한 후 들쳐 업었다.

그런 후 먼저 몸을 날린 손칠을 따라 바위와 바위틈을 헤집고 거침없이 움직였다.

그들이 신형을 멈춘 것은 바위 군에서 벗어나 울창한 나무

사이로 아늑하게 수풀이 펼쳐진 평지였다.

손평은 한설아를 수풀에 내려놓고 아혈을 풀어주었다.

여인의 탄성이 없는 운우지락은 재미를 반감시키는 법이다.

땅에 눕혀진 한설아의 표정이 사색으로 변하며 비명이 흘러나왔다.

"뭐하는 짓이냐!"

"흐흐, 너 같은 예쁜 계집을 두고 우리가 뭘 할 것 같으냐."

"능외쌍마……."

"오호, 이제야 우리가 누군지 알아본 모양이군. 잠시만 기다리면 세상에서 가장 좋은 것을 경험하게 해주마."

"내 몸에 손대는 순간 난 죽는다."

"어차피 주는 것, 순순히 주는 게 좋을 것이다. 처녀로 죽으면 썩지도 않는다고 하니 고이 벌리거라."

"미친 새끼들. 청성이 반드시 너희를 찾아내서 죽일 것이다!"

"그런 게 두려웠다면 여기 있지도 않았다. 청성일미를 먹는데 그까짓 게 대수겠느냐. 뭐 해? 안 할 거야?"

손평이 손칠을 향해 말을 하고 슬쩍 뒤로 물러섰다.

장유유서.

그래도 형이라고 놈은 손칠에게 양보를 하고 구경하겠다는 자세로 두 발 물러나 자리에 앉았다.

언제나 하던 행동이었으니 물 흐르듯 자연스럽다.

손칠이 앞으로 나와 한설아를 향해 다가가 허리를 숙였다.

비록 온몸이 피로 물들어 있었지만 한설아의 몸매는 놈을 자극할 만큼 충분히 농염했다.

놈의 손이 움직인 것은 벌레가 몸에 들어온 것처럼 한설아의 입에서 비명이 흘러나오기 시작했을 때다.

거침없는 손길.

상의를 벗겨내고 곧이어 바지를 벗겨내자 피에 물든 미끈한 피부가 눈앞에 나타났다.

저절로 침이 고이고 눈이 충혈되어 갔다.

지금까지 수없이 많은 여인을 강간하고 간살했지만 한설아처럼 아름다운 미녀는 처음이다.

꿀꺽!

자신도 모르게 침을 삼킨 손칠이 부지런히 자신의 옷을 벗었다.

시간이 없었다.

얼른 일을 치르고 본진과 합류하지 않는다면 의심을 받을 수 있었다.

한설아의 비명은 이제 처절하기까지 했지만 놈은 그 비명이 교소로 들리는 모양이었다.

놈의 신형이 공중으로 튕겨져 나간 것은 불끈 솟은 낭심을 가운데로 밀며 한설아를 덮칠 때였다.

"능외쌍마 이 새끼들! 죽여주마!"

숲 속으로 뛰어들며 날린 일검에 손칠의 신형이 튕겨나가자 운호는 윗옷을 벗어 즉시 한설아의 몸을 가린 후 곧바로 도주하는 손평을 덮쳤다.

나쁜 짓을 하는 놈들의 오감은 언제나 극도로 민감하게 반응하는데 그것은 손평도 마찬가지였다.

운호가 장내로 뛰어들며 손칠을 일격에 날려 버리는 걸 보자마자 놈은 미친 듯 우측 숲속으로 몸을 날려 도주를 시도했다.

그 짧은 순간에 나타난 사람이 중강 싸움에서 무시무시한 위력을 선보인 마검 운호라는 걸 알아봤기 때문이다.

하지만 그는 미처 숲속으로 뛰어들지 못한 채 운호의 검과 마주서야 했다.

극에 달한 유운신법은 놈의 이동을 차단해서 다시 장내로 내려서게 만들었다.

"참으로 쥐새끼 같은 자로다."

"으… 마검."

"말해보라. 죽음을 앞에 둔 형제까지 팽개치고 도망가는 이유가 무엇인가?"

"크크, 그거야 살기 위해서 아니겠느냐. 죽으면 형제도 소용없다."

"비열한 놈. 그런 썩어빠진 정신을 가졌으니 온갖 못된 짓을 했겠지. 오늘 내가 널 죽여서 그동안 너에게 당한 사람들의 원혼을 달래주겠다!"

운호는 성큼성큼 걸어와 손평을 향해 검을 치켜들었다.

나름대로 고수라 소문났고 웬만한 무인은 열이 와도 눈 하나 깜짝 안 하던 손평의 전신이 부들부들 떨리기 시작했다.

고양이 앞의 쥐.

운호의 몸에서 발현된 압도적인 기세는 손평에게 대적할 의지조차 갖지 못하도록 했다.

하나 그의 몸이 폭발적으로 쇄도하며 접근해 온 것은 운호의 검이 움직이기 위해 막 흔들릴 때였다.

죽음을 각오한 공격.

어차피 죽는다는 생각에 모든 걸 포기한 자에게서 나오는 초인적인 힘.

전신의 공력을 모두 끌어당겨 한꺼번에 터뜨린 손평의 검이 다섯 개로 변하며 운호의 전신을 향해 쏟아져 들어왔다.

마치 시위를 떠난 화살처럼 무서운 속도의 공격이었다.

흑룡검이 흔들리며 앞으로 튕겨 나간 것은 손평의 검이 그의 몸에 닿기 일보 직전이었다.

후발선지.

늦게 움직이고 먼저 친다.

운문에서 지낸 일 년 동안 뼈를 깎는 노력 끝에 얻은 절대의 검리가 깊은 잠을 깨고 세상으로 터져 나왔다.

그토록 강력하게 날던 쾌검의 변초가 순식간에 산산이 파괴되었고, 뒤이어 손평이 몸이 허공을 날아 숲 속에 처박혔다.

비명도 없고 더 이상의 꿈틀거림도 없었다.

죽여야 할 자는 단 일 검에 목숨을 끊어놓은 독심.

이것이 황수전투에서 얻은 운호의 굳센 의지와 신념이었다.

능외쌍마를 단숨에 격살한 운호는 한설아가 쓰러져 있는 곳으로 다가와 말없이 그녀를 안았다.

그리고는 지체 없이 몸을 날려 산허리를 향해 신형을 날렸다.

한설아는 운호가 나타나 자신을 구한 후 번쩍 안아 든 채 어디론가 움직이자 부끄러움으로 인해 입을 꾸욱 닫았다가 시간이 지나면서 가느다란 신음 소리를 내기 시작했다.

그녀가 입은 상처는 너무도 커서 그 고통이 그녀의 의지를 꺾고 입 밖으로 비명을 흘리게 만든 것이다.

운호의 신법이 그녀의 신음 소리를 들은 후 점점 빨라졌다.

무엇 때문에 흘리는 신음인지 너무나 잘 알기 때문이다. 수없이 많은 상처를 입어본 운호는 상처로 인한 고통의 진행 과정을 너무나 잘 알고 있었다.

시간으로 봤을 때 지금의 그녀는 가장 고통스러운 시간에 진입해 있었고, 온몸을 뜨겁게 만드는 발열 상태가 그것을 증명했다.

그랬기에 운호는 정신없이 움직여 동굴을 찾아낸 후 그녀를 눕히고 자신의 겉옷을 그녀의 몸에서 벗겨냈다.

한설아는 운호가 옷을 벗기는데도 움직이지 못하고 오들오들 떨며 웅크리기만 했다.

몸이 움직여지지 않는다는 뜻이다.

운호의 손이 잠시 멈칫했다가 다시 움직였다.

처녀의 알몸을 만진다는 건 천하에 다시없을 강적과 대면한 것처럼 어렵고 힘든 일이었으나 운호는 눈을 꽉 감았다가 뜬 후 거침없이 손을 놀렸다.

"미안하오, 소저. 그대를 살리기 위함이니 부디 용서하시오."

운호가 말을 했으나 그녀는 감은 눈을 뜨지 않았다.

고통으로 인해 정신이 혼미해도 운호의 손이 자신의 몸을 만진다는 걸 모를 리 없다.

그럼에도 그녀는 입을 열어 운호의 행동을 만류할 수 없었다. 자신의 몸이 얼마나 위험에 처했는지 누구보다 잘 알고 있기 때문이다.

운호는 최대한 빨리 손을 움직였다.

금창약을 바르기 전 검상에 당한 어혈을 풀기 위해 내력이 주입된 손으로 상처 부위를 추궁했다.

그녀가 입은 상처는 네 군데.

어깨와 옆구리, 그리고 왼팔과 허벅지였다.

운호는 모든 상처를 추궁해서 피가 흐르게 만들었으나 허벅지는 건들지 못하고 한참을 망설였다.

여인네의 속살을 만진다는 것은 아무리 상처를 치료하기 위함이라 해도 무척이나 망설여지는 일이었다.

그럼에도 운호는 잠시의 망설임을 뒤로하고 허벅지에 손을 댄 후 추궁을 시작했다.

뜨거워진 운호의 손이 허벅지를 추궁할 때마다 감긴 한설아의 눈이 파르르 떨렸다.

부끄러움.

뼈를 깎아낼 것만 같은 고통 속에서 그녀는 한없는 부끄러움을 숨긴 채 끝내 어떤 말도 하지 못하고 온몸을 운호에게 맡겼다.

추궁을 끝낸 운호의 손이 이번에는 조심스럽게 움직이며 금창약을 바르기 시작했다.

추궁으로 흐른 선명한 피를 닦아내고 금창약을 바르는 운호의 손은 마치 갓 태어난 아기를 어루만지는 것처럼 조심스러웠다.

모든 상처를 보듬은 운호가 자신의 깨끗한 상의를 벗은 후 잘게 찢었다.

깨끗한 붕대를 마련할 길 없으니 이것으로라도 상처를 싸매기 위함이다.

꼼꼼한 손길.

잘게 잘린 천으로 한설아의 몸을 싸맨 운호가 말없이 그녀의 눈 감은 얼굴을 바라보았다.

그녀는 무슨 생각을 하고 있을까.

치료를 한 사내도 이토록 가슴이 뛰는데 벌거벗긴 채 치료를 받은 그녀의 부끄러움과 민망함은 상상조차 되지 않았다.

운호는 천천히 그녀의 옷을 찾아 입히기 시작했다.

비록 여기저기 찢어져 있었으나 몸을 가릴 수 있을 정도는 되었기에 운호는 옷을 모두 입힌 후 그녀를 번쩍 안아 들었다.

긴급한 조치는 했지만 근본적인 치료가 필요하다.

최대한 빨리 광원으로 이동해 의방을 찾아 치료해야만 그녀를 위험에서 구해낼 수 있었다.

약속한 장소에 도착했을 때는 이미 세 시진이 흘렀고, 운상과 운여의 모습은 보이지 않았다.

둘 중의 하나.

그가 걱정되어 찾아 나섰거나 아니면 적을 만나 위험에 처한 경우이다.

하지만 운호는 전자라는 판단을 내리고 곧바로 광원을 향해 신법을 운용했다.

아무리 강한 적이라 해도 운상과 운여 정도라면 충분히 몸을 뺄 수 있다는 믿음이 있기 때문이다.

한설아의 몸은 그야말로 용광로처럼 펄펄 끓었다. 시간을 지체할수록 그녀의 신음 소리는 커져 갔다.

운호의 신형이 빛살처럼 움직였다.

약속 장소에서 광원까지의 거리는 오 리 정도 떨어져 있었으나 그가 도심지 중심에 위치한 의방에 도착했을 때는 불과 반각이 지났을 뿐이다.

의원이 들어와 그녀의 몸에 손을 댔을 때 운호는 방에서 나가기 위해 천천히 일어났다.

밝은 곳에서 그녀의 알몸을 다시 볼 수는 없는 일이었다.

하지만 운호는 걸음을 옮기지 못하고 제자리에 서고 말았다.

그 고통 속에서도 한설아가 손을 내밀어 그의 다리를 잡아왔기 때문이다.

"가지 말고 지켜주세요."

"문밖에서 기다리고 있겠소."

"싫어요. 정신이 어지러워요. 이대로 잠들 것 같으니 여기서 날 지켜줘요. 부탁해요."

"소저……."

미처 거부하기도 전에 한설아는 스르륵 눈을 감아버렸다.

그리고는 처음부터 그랬던 것처럼 눈을 감고 더 이상 뜨지 않았다.

너무 당황스러워 움직이지 못했다.

그녀의 의도가 무엇인지 짐작이 가지 않았고, 이대로 여기에 남아 있는 것도 부담이 되어 마음이 돌덩이를 얹어놓을 것처럼 무거워졌다.

의원이 어쩌면 좋겠냐는 시선을 보내왔다.

두 사람의 행동으로 인해 한설아의 옷을 벗기지 못한 채 의원은 눈치를 보고 있다.

의원은 두려움을 가지고 있는 것 같았다.

무인들을 치료할 때 섣불리 행동했다가는 자신의 목숨이 열 개라도 모자란다는 걸 잘 알고 있는 모양이다.

운호의 입이 열린 것은 한참을 망설인 후였다.

"그대 뒤에 있을 테니 신경 쓰지 말고 치료에 전념해 주시면 고맙겠소. 나는 책을 읽고 있겠소. 내가 해야 할 일이 있거나 해줄 일이 있다면 즉시 부르시오."

운호는 의원의 뒤쪽에서 등을 돌린 채 책을 읽기 시작했다.

정신이 다른 곳에 있으니 글자가 눈에 들어올 리 만무했지만 그는 한순간도 책에서 시선을 떼지 않고 치료가 끝날 때까지 움직이지 않았다.

다행스럽게 치료는 한 시진이 지나자 끝났는데, 매우 힘들었는지 의원의 얼굴은 땀으로 범벅이 되어 있었다.

하기야 충분히 이해는 된다.

한설아가 운호를 나가지 못하게 했다는 것은 의원의 입장에서는 그녀가 자신을 못 믿기 때문이라고 생각할 수도 있었다.

아니, 어쩌면 조금이라도 서툰 짓을 하거나 치욕스러운 일을 한다면 즉시 참해달라는 부탁으로까지 들렸을지도 모른다. 그랬기에 의원은 정성에 정성을 거듭해서 그녀를 치료했다.

일이 무사히 끝나자 황천에 갔다가 온 사람처럼 기력이 빠져나간 것으로 보일 지경이었다.

"치료가 모두 끝났습니다."

"수고했소."

"이제 저는 나가서 탕약을 준비토록 하겠습니다. 환자가 움직이지 않도록 조심해 주십시오."

"그러리다."

"그럼 저는."

"아, 나가시거든 여인네 옷 한 벌만 구해주시오. 옷이 성치 않구려."

"그리하겠습니다."

의원은 운호의 말에 흘끔 한설아를 쳐다본 후 서둘러 방을 나섰다.

한설아는 어느새 깨끗한 붕대로 싸매져 있었는데 여전히 찢어진 옷으로 몸을 가린 상태였다.

잠이 든 걸까? 그녀의 가슴은 고르게 움직였다.

치료가 효과를 보는지 열이 가라앉아 홍시처럼 붉어졌던 얼굴이 정상으로 되돌아와 있었다.

정말 아름다운 여인이다.

상처를 입고 누워 있다는 것이 믿겨지지 않을 만큼 한설아의 외모는 아름다움을 넘어 고귀하다는 생각이 들 정도였다.

운상과 운여를 찾아야 된다는 생각을 했으나 운호는 끝내 한설아의 곁을 떠나지 못했다.

그녀가 잠든 사이 무슨 일이 벌어진다면 평생 후회하며 살지도 몰랐다.

마음 같아서는 그녀를 깨워 사정을 얘기한 후 친구들을 찾아 나서고 싶었지만 몇 번의 망설임 끝에 그만두고 말았다.

어차피 조금만 기다리면 의원이 탕약을 지어 방으로 올 테니 자연스럽게 깨울 수 있을 거란 생각이 들었기 때문이다.

의원의 목소리가 들린 것은 그로부터 일각 후였다.

탕기와 그릇이 담긴 다탁을 들고 방으로 들어온 의원은 약을 그릇에 따른 후 한설아의 잠을 깨웠다.

그녀가 스르륵 눈을 뜨자 의원이 운호를 바라봤다.

그의 손에 탕약이 들려 있으니 부축해서 일으켜 달라는 시선이다.

운호는 다가가 조심스럽게 그녀의 상체를 세웠다. 자신도 모르게 손이 떨려왔다.

동굴에서 피범벅이 된 그녀를 치료할 때와는 또 다른 감각이고 또 다른 감정이었다.

팔로 한설아의 목을 부축해서 받치자 그녀가 눈만 돌려 운호를 보았다.

불안에 가득하던 눈동자는 사라지고 그 눈에는 어느새 평온이 들어 있었다.

탕약을 먹고 의원이 나간 후 운호는 그녀의 몸을 부축해서 다시 자리에 뉘었다.

"소저, 많이 다치셨소. 아무래도 여기서 며칠 동안 요양을 해야 될 것 같소."

"…네."

"내가 급하게 그대를 치료했소. 아시오?"

"알아요."

"너무 급해 어쩔 수 없이 그리하였소. 이해해 주시면 고맙겠소."

"그럴 수밖에 없는 상황이었다는 거 잘 알아요."

"그리 말씀해 주시니 한결 마음이 놓이는구려."

"아니에요. 오히려 제가 고마워해야죠."

그러나 말을 하는 그녀의 얼굴이 어두워졌다.

말로는 고마워한다고 했으나 절대 고마워하는 표정이 아니었다.

처녀의 알몸을 본 자가 고의가 아니었다며 책임이 없다는 말부터 하자 그녀의 마음은 새까맣게 타들어갔다.

차라리 어떤 말도 하지 않았다면 천길 무저갱 속으로 빠져드는 괴로움은 느끼지 않았을 텐데 운호는 그저 미안하다고만 하고 있다.

저 사람, 정말 나에게 느낀 감정이 미안함뿐이라면 난 이제 어떡하지?

운호는 한설아가 정신을 차리자 바로 양해를 얻고 운상과 운여를 찾아 나섰다.

벌써 그들과 만나기로 한 시간보다 훨씬 지나 있었기 때문에 운호는 신법을 발휘해서 바쁘게 약속 장소로 움직였다.

친구들의 실력을 믿었으나 워낙 험난한 강호이다 보니 자신도 모르게 저절로 조바심이 생겨났다.

그럴 리 없겠지만 만약 친구들에게 문제라도 생겼다면 자신은 혀를 깨물어야 될지도 몰랐다.

삐익, 삐이익!

약속 장소에 도착해서 사방을 훑었으나 운상과 운여는 보이지 않았기에 유운신법을 펼쳐 서쪽으로 움직이며 연신 휘파람을 불었다.

내력을 실은 휘파람은 산에 있을 때부터 풍운대가 연락 수단으로 삼은 신호이기 때문에 운상과 운여가 들었다면 금방 나타날 터였다.

하지만 운상과 운여는 끝내 모습을 보이지 않았다.

결국 운호는 광원 외곽을 모두 돈 후에야 신형을 멈추고 생각에 잠겼다.

두 가지 중의 하나다.

무슨 일이 생겨 광원을 완전히 벗어났거나 아니면 광원으로 들어갔거나.

만약 첫 번째 경우라면 날이 밝은 후 다시 와서 면밀히 조사를 해야 한다.

싸움의 흔적부터 점창의 독문 표식이 남아 있는지, 그리고 있다면 어느 방향으로 움직였는지를 확인해서 추적해 나가야 했다.

하지만 후자의 경우라면 일은 훨씬 쉬워진다.

그냥 의방에서 기다리기만 해도 되니 말이다.

광원으로 들어와 의방에 들어오기까지 수시로 점창의 독문 표기인 오족을 군데군데 남겼기 때문에 운상과 운여가 광원에서 잠을 잤다면 날이 밝자마자 놈들은 의방으로 자신을 찾아올 것이다.

어쨌든 두 가지 경우 모두 지금은 의방으로 돌아갈 때였다.

의방으로 돌아온 운호는 자신의 방으로 들어가 가부좌를 틀었다.

어차피 잠을 자기는 틀렸다.

창문을 통해 여명이 어스름하게 올라와 뿌연 빛을 슬금슬금 뿌리는 지금 잠이 들면 친구들을 맞아들이지 못할 게 분명했다.

밤새 자신을 찾아 헤매었을 놈들에게 편히 잠든 모습을 보인다는 건 절대 해서는 안 될 짓이었다.

그랬기에 운호는 가부좌를 틀고 두 눈을 감았다.

천룡무상심법.

심법을 운용해서 주요 혈로 진기를 돌리자 금방 무아지경(無我之境)으로 빠져들며 단전을 빠져나온 진기가 임, 독맥을 타고 풍부, 뇌호를 넘어 강간으로 흘렀다.

막혀 있는 강간은 아직까지 철옹성처럼 덮쳐온 진기를 막아내고 있었으나 순간순간마다 해일처럼 덮치는 진기에 의해 수많은 미세 균열이 만들어지고 있었다.

이러한 균열이 생기기 시작한 것은 운호의 몸에서 빠져나온 금광 속에서 용들이 꿈틀거리며 완연하게 모습을 보이기 시작할 때였다.

금룡들은 천룡무상심법이 운용되면 스스럼없이 외문으로 빠져나와 자신의 모습을 드러내고 있었다. 이 년 전 운문에서 수련을 시작했을 때보다 훨씬 뚜렷해진 상태였다.

온몸이 어느 순간 강렬한 금빛에 휩싸이고 금광 속에서 전신을 휘감으며 꿈틀거리던 용들이 순식간에 콧속으로 빨려들어 갔다. 그러자 운호의 눈이 서서히 떠졌다.

심법을 운용한 지 벌써 한 시진이 지나 아침의 햇살이 찬란하게 창문을 비출 때였다.

밤을 꼬박 새운 피로는 찾아볼 수 없고, 그의 얼굴은 오히려 윤기가 흘러 방금 세면을 마친 사람처럼 보일 지경이었다.

운호가 자리에서 일어난 것은 의방으로 들어서는 익숙한 기운으로 인해서였다.

문을 열고 나서자 운상과 운여가 인상을 쓰며 들어오는 것이 보였다.

"뭐냐, 너? 왜 여기 있어?"

"그렇게 됐다. 일단 들어와라."

운상의 통박에 운호가 씨익 웃어준 후 먼저 방으로 움직이자 그 뒤를 따라 두 놈이 들어온 후 방바닥에 철퍼덕 주저앉았다.

아침부터 뛰어다녔는지 그들의 옷은 이슬에 젖어 있었다.

"외곽까지 갔다 왔어?"

"그럴 수밖에 없잖아. 널 찾으려면 거기서부터 시작할 수밖에 없으니까."

"고생했다. 그래도 잘 찾았네."

"시끄럽고. 말해봐. 약속한 시간에 오지 못한 이유, 그리고 여기 있는 이유."

"밥은 먹었냐?"

"엉뚱한 소리 한 번만 더하면 등짝을 패버린다. 너 찾는다고 우리가 어제 저녁부터 얼마나 생고생한 줄 알아!"

운여가 손을 번쩍 들자 운호가 엉덩이를 밀며 뒤로 물러섰다.

이놈들은 언제 어느 때라도 폭력 행사가 가능한 놈들이었다.

"사실은……."

운호는 더 버티지 않고 어제 저녁 그들과 헤어진 후 벌어졌던 일들에 대해서 차분히 이야기를 시작했다.

추적 경로, 그리고 싸움의 흔적들, 능외쌍마와 한설아의 이야기까지.

운상과 운여는 눈을 부릅뜨고 한껏 귀를 열어놓은 채 운호의 말을 듣다가 이야기가 끝나자 결국 입까지 벌리고 말았다.

생각보다 훨씬 충격적인 사실이 그들을 놀라게 한 모양이다.

"그래서, 한 소저는 어떻게 됐어?"

"안채에서 치료 받고 있는 중이야."

"어허, 충격이 컸겠는데?"

운상이 그녀가 안됐다는 표정으로 열심히 혀를 차자 옆에 있던 운여가 운호를 쳐다봤다.

"얘기는 나눠봤냐?"

"어젯밤에 의식이 돌아왔다. 그때 어쩔 수 없는 일이었다며 사과했다."

"한 소저가 뭐라고 했냐?"

"이해한다고 하더라."

"에라이!"

막을 새도 없이 운여의 손바닥이 날아와 종아리를 때렸다.

놈은 매우 분노한 눈을 하고 있었기 때문에 운호는 구타를 당하고도 반항하지 못하고 종아리만 문질렀다.

"이놈아, 세상에 거기서 어떻게 그런 천인공노할 짓을 저질러?"

"내가 무슨 천인공노할 짓을 했다고 그래?"

"그럼 실컷 봐놓고 미안하다고 그러면 그만이냐? 네가 그러고도 사람이야?"

"와, 미치겠네. 그럼 어쩌라고."

운호가 억울하다는 듯 눈을 동그랗게 뜨고 반항하자 그동안 옆에서 지켜만 보던 운상이 나섰다.

"지금부터 내가 말할 테니 잘 들어봐. 이건 단순하게 예를 드는 거니까 알아서 잘 판단해."

"알았어."

"네가 어떤 음녀한테 당해서 옷이 홀라당 벗겨진 채 누워 있다고 치자. 혈도를 제압당해서 꼼짝 못했고, 상처를 입어서 온몸이 피투성이야."

"난 절대 그런 일 안 당한다."

"조용히 안 할래?"

"알았다. 계속해 봐."

"그런데 천우신조로 한 소저가 갑자기 짠 하고 나타나서 음녀들을 단숨에 제압했어. 그런 후 너한테 다가가서 알몸의 네 몸을 구석구석 만지며 치료를 해."

"그만해. 등판에 개미가 기어 다니는 것 같아. 간지러워 죽겠다."

"넌 아무래도 한 대 더 맞아야겠다."

운호가 손을 뒤로 돌려 등을 긁어대자 옆에 있던 운여가 나서며 다시 주먹을 들어 올렸다.

이번에는 즉각적인 반응을 보이며 운호가 뒤로 물러서자 운상이 엉덩이를 밀어서 다가왔다.

"그런데 네가 다친 곳 중에 한 곳이 하필이면 거시기 근처였어. 한 소저 입장에서는 엄청 난감했겠지. 그래도 그녀는 용기를 내서 거길 치료해 줬다."

"에이, 말도 안 되는 소릴 하고 있어."

"그래서 내가 시작할 때 단순 비교라고 했잖아!"

"그래도……."

"운여야, 이놈 좀 붙잡아 봐."

"그래, 일단 패고 보자."

"잠깐, 잠깐! 알았으니까 말로 해!"

운상이 인상을 썼고 운여가 일어서며 다가서려 하자 운호가 두 손을 열심히 흔들었다.

그러자 운상이 운여를 제지하며 고개를 좌우로 꺾었다.

한 번만 더 엉뚱한 소릴 하면 그만두지 않겠다는 무언의 협박이다.

"자, 이제 말해봐. 네가 그런 상황이었다면 어떨 것 같냐?"

"부끄러울 것 같다. 상상만 해도 소름까지 끼치네."

"그렇겠지? 그런데 한 소저가 다음 날 척하니 나타나서 아무런 내색 없이 그저 치료 때문이었다고 뻔뻔하게 말하면 넌 기분이 좋았을까?"

"그거야… 안 닥쳐 봐서 모르지."

"인마, 닥쳐 보고 안 닥쳐 보고의 문제가 아니야. 너 한 소저 앞에서 알몸 보이면 부끄러울 거라고 말했지. 여자인 한 소저는 오죽했겠냐. 너한테 알몸 보인 한 소저는 아마 죽고 싶었을 거다."

"음……."

"네가 한 말이 한 소저에게는 비수로 찌르는 것처럼 고통스러웠을 거야. 그러니까 넌 한마디로 왕재수고 싸가지에 밥 말아 먹은 놈이다."

"내가 어떻게 했어야 하는데?"

"아무 소리 하지 말았어야지. 그저 그윽한 눈으로 쾌유를 빌며 옆을 지켜주는 게 최상의 방법이었다. 지금이라도 늦지 않았어. 이미 벌어진 일이지만 최선을 다해서 주워 담아."

"좋은 방법 있냐?"

"말은 안 하겠지만 많이 아파할 거다. 그러니 너는 지금부터 우리가 돌아올 때까지 한 소저 옆에 붙어 있어. 네가 말 안 하고 가만있으면 아마 한 소저가 먼저 말할 거다. 그때 잘 대처해."

"운상아, 넌 이런 거 어디서 배웠어?"

"인마, 그런 건 기본이야."

"기본은 무슨. 웃기고 있어."

"하여간 내 말대로 잘해."

운호가 말도 안 된다는 표정을 짓자 운상이 키득거리며 자리에서 일어났다.

그건 운여도 마찬가지였는데 그들은 운호의 건투를 빈다는 듯 주먹까지 들어 보였다.

그런 그들을 향해 운호가 급히 입을 열었다.

"너희는 어디 가는데?"

"확인해 봐야지. 일의 결과가 어떻게 됐는지. 어제는 날이 어두워졌고 너 찾느라 정신이 없어서 제대로 조사를 하지 못했다. 지금이라도 광원을 중심으로 탐문해 나갈 생각이다."

"그럴 거라면 청성 쪽부터 확인해 봐. 일단 피해 상황부터 알아보고 놈들의 위치를 추적해야 돼."

"염려 마라. 그런 건 우리가 잘할 테니까 넌 한 소저나 잘 보살피고 있어."

"밥이나 먹고 가라. 배고플 텐데."

"가면서 해결하면 돼. 시간이 지체되면 흔적을 놓치게 된다."

"그렇겠군. 하여간 조심하고 최대한 빨리 돌아와."

방으로 들어온 지 일각이 지났으나 그녀는 눈을 뜨지 않았고 운호 역시 아무런 말도 하지 않았다.

흔들리는 눈은 그녀가 잠이 들지 않았다는 것을 알려주고 있었으나 운호는 운상이 가르쳐 준 대로 침묵만 지켰다.

고역이다.

아무 말 없이 아름다운 여인을 지켜만 보는 것이 이렇게 힘든 일일 줄은 상상하지 못했다.

하지만 그는 그녀의 흔들리는 눈썹을 보면서 꼼짝하지 않고 그녀의 곁을 지켰다.

방문 밖에서 인기척이 난 것은 그로부터 일각이 더 지난 후였다.

미음을 끓여온 의녀는 문을 열자 즉시 팔을 내밀었기 때문에 얼떨결에 소반을 받아 들어야 했다.

그녀는 무척 바쁜 듯 운호에게 소반만 전해주고 부지런히 부엌 쪽으로 걸어갔다.

방으로 들어온 운호는 난감함에 잠시 동안 멀거니 미음 그릇과 한설아의 얼굴을 번갈아 쳐다만 보았다.

막상 받아는 왔지만 어떻게 해야 할지 판단이 서질 않았기 때문이다.

그러나 망설임은 그리 오래 걸리지 않았다.

"소저, 잠시 눈을 뜨시오. 미음이 왔으니 요기를 하십시다."

부드러우면서도 작은 목소리였다.

하지만 그 음성이 한설아에게는 천둥처럼 들린 모양이다.

운호는 막상 그녀가 눈을 뜨고 자신을 쳐다보자 다시 한 번 어쩔 줄 몰라 했다.

미음을 먹기 위해서는 몸을 일으켜야 하는데 그녀는 전혀 움직이지 못했기 때문에 운호를 쳐다만 보고 있었다.

이윽고 결심한 운호가 그녀에게 천천히 다가갔다.

가까이 갈수록 그녀의 눈이 급히 흔들렸으나 운호는 조심스럽게 한설아의 머리를 받친 채 자신의 가슴으로 끌어당겼다.

가슴이 무섭게 뛰었지만 운호는 모른 체 그녀가 편하게 먹을 수 있도록 자세를 취한 후 조금씩 미음을 떠먹였다.

절대고수와 싸움을 해도 이렇게 긴장하지 않을 것 같았다.

미음 한 그릇 비우는 그 짧은 시간이 마치 영원처럼 느껴졌고, 온몸에서 땀이 슬금슬금 새어 나와 식사를 마쳤을 때는 전신이 목욕한 것처럼 땀으로 젖었다.

그러나 더한 괴로움은 식사를 끝내고 난 후에 벌어졌다.

식사를 마친 그녀가 갑자기 눈물을 흘리며 울었기 때문이다.

"흑, 흐윽……."

끊어질 듯 이어지는 그녀의 울음소리는 입안에서 억눌려져 작게 흘러나왔으나 운호에게는 천둥치는 것처럼 크게 들렸다.

그녀를 안은 채 움직이지 못했다.

운상의 말을 들으면서 설마 그럴까 하는 마음을 가지고 있었는데 그녀는 자신의 생각은 물론, 운상이 예측한 것보다도 훨씬 커다란 슬픔 속에 있었던 모양이다.

새삼 자신의 실수가 얼마나 컸는지 알 수 있었다.

그녀의 울음소리는 어미 잃은 새처럼 가엽고 구슬퍼 가슴이 먹먹하게 아파왔다.

울고 싶은 사람은 울어야 한다.

울고 나면 응어리진 마음이 한결 풀어져 그 아픔이 조금씩 줄어들기 때문이다.

그랬기에 운호는 조용히 그녀의 울음을 지켜만 보았다.

그리고 그녀가 울음을 그쳤을 때 부드러운 목소리로 입을 열었다.

"산에서만 살아왔기 때문에 나는 여인의 마음을 알지 못하오. 그대의 눈물이 나의 실수로 인한 것이라면 진정으로 사과드리리다. 이제부터 그대의 눈에서 눈물이 흐르지 않도록 조심 또 조심할 테니 그만 우시오. 나는 그대가 우는 게… 싫소."

운호의 이야기가 울음을 멈추게 만들었으나 그녀의 눈은 여전히 불안정하고 목소리는 떨렸다.

"소협을 원망해서 운 게 아니에요. 모든 일은 저로 인해 생긴 것인데 어찌 당신을 탓하겠어요. 강호를 살아가다 보면 일어날 수도 있는 일이지요. 그러니 염려하지 않으셔도 된답니다."

상황으로 따진다면 그녀의 말이 백번 옳다.

일부러 보고 싶어 본 것이 아닐 뿐 아니라 목숨을 살리기 위해 어쩔 수 없이 손을 댄 것이다. 어찌 그의 잘못이랴. 그러나 그것은 이성적인 판단일 뿐.

얼굴을 돌린 채 덤덤하게 말하는 그녀의 모습은 내용의 당당함과 다르게 비에 맞아 꺾인 한 떨기 수선화처럼 애처로웠다.

여자라는 존재는 참으로 특별하다.

눈에 슬픔을 가득 담고도 입으로는 마치 아무 일 없는 것처럼 이야기한다.

아프면 아픈 대로, 슬프면 슬픈 대로, 화가 나면 화가 난다 말해야 알아들을 텐데 여인들은 반대로 말하거나 아예 입을 닫아버려 무슨 생각을 하는지 알 수 없게 만드는 이상한 버릇이 있었다.

운호는 그저 묵묵히 그녀의 얼굴을 바라보았다.

그녀를 보자 당운영과의 아픈 이별이 떠올라 스르륵 눈이 감겨왔다.

여인의 마음을 헤아리지 못하고 사랑하는 사람을 떠나보내야 했던 아픈 기억이 아직도 그의 머릿속에 생생하게 남아 있다.

한설아가 아파하는 이유를 왜 모를까.

운상이 거품을 물며 떠들지 않아도 그녀의 마음은 이전부터 대충 짐작하고 있었다.

그럼에도 애써 모른 체했다.

가슴속 깊이 자리하고 있는 당운영을 그는 아직도 마음속에서 떠나보내지 못했다.

처음으로 세상에 나와 사랑을 느끼게 만들어준 여인.

그녀의 밝은 웃음과 눈물이 아직도 눈에 선한데 어떻게 다른 여인의 마음을 금방 받아들일 수 있겠는가.

운상과 운여는 아무런 연락 없이 이틀이 지나도록 돌아오지 않았다.

추적을 해보겠다고 하더니 꽤 먼 곳까지 이동한 모양이다.

한설아는 그동안 여전히 움직이지 못했기 때문에 운호는 식사 때마다 그녀를 부축해서 미음을 먹일 수밖에 없었다.

비록 어쩔 수 없는 상황이라고는 하나 여러 번 살을 맞대게 되자 횟수가 거듭될수록 점점 열기가 피어올랐다.

막고자 해서 막아질 수 없는 본능이었다.

한설아가 오랜만의 침묵을 깨고 붉어진 얼굴로 입을 연 것은 운호의 품에 안겨 점심을 마친 후였다.

"저를 눕히지 말고 부축해 주세요."

"왜 그러시오?"

"심법을 운용하려 해요."

무슨 말인지 단박에 알아들었다.

명문이 보유한 심법에는 상처를 치료하는 요상법들이 있게 마련인데 그녀는 요상법을 운용해서 상처를 치료할 생각인 것이다.

운기가 가능하다면 한설아의 외상은 범인이 상상하지 못할 속도로 아물게 될 테지만 지금은 아니란 생각이 들었다.

그녀의 상처는 워낙 커서 혼자 가부좌를 틀기에는 무리가 따랐기 때문이다.

"나중에 하는 게 어떻겠소?"

"언제까지 이렇게 있을 수 없으니 힘들더라도 해야 돼요. 도와주세요."

한설아가 성한 오른팔을 든 후 머리를 곧추세우려 애를

썼다.

기어코 하겠다는 의지이고 행동이다.

옆에서 지켜보던 운호는 그녀가 옆구리에 입은 상처 때문에 허리를 움직일 수 없어 힘겨워하자 고개를 흔든 후 슬며시 뒤로 돌아 등을 받쳐주었다.

"으… 음."

그녀의 입에서 가느다란 신음 소리가 흘러나왔다.

아물지 않은 상처가 억지로 움직이자 극렬한 고통을 만들어냈기 때문이다.

천천히, 그리고 조심스럽게 아주 느린 속도로 그녀는 가부좌를 틀기 위해 안간힘을 썼다.

무척이나 힘든 움직임이었으나 그녀는 끝끝내 멈추지 않았다.

운호의 손이 얼떨결에 그녀의 허리를 잡은 것은 고통으로 인해 균형이 무너지며 상체가 휘청했을 때다.

갈수록 태산이라더니 꼭 그 짝이다.

밥을 먹이기 위해 그녀를 기대게 한 것도 힘들었는데 이제 허리까지 붙잡았으니 오금이 다 저려왔다.

그럼에도 운호는 그녀의 허리가 버틸 수 있도록 오히려 손에 힘을 더 주었다.

어차피 시작한 것, 그녀가 요상을 할 수 있도록 도와주는 것이 지금으로써는 최상의 방법이었다.

한설아는 심법을 운용하면서 많은 땀을 흘렸고, 자꾸 몸이 멈칫거리며 흔들렸기 때문에 운호는 극도의 긴장 상태를 유지해야 했다.

만약 심신이 약화된 상태에서 기혈이 엉키게 된다면 주화입마에 빠져들 수도 있었다.

그녀가 집중하지 못하는 이유는 운호의 손 때문임이 분명했다.

뒤에서 안다시피 한 운호의 팔은 그녀의 균형을 유지시키기 위함이었지만 집중을 방해하는 원인이 되기도 했다.

남정네의 가슴이 등에 밀착되고 허리마저 붙잡혀 있으니 한설아의 입장에서는 정신을 잃지 않는 것만 해도 용한 일이었다.

다행스럽게 그녀는 꿈틀거림을 멈추고 반각 만에 몰아일체의 경지로 들어서기 시작했다.

"휴우……."

저절로 한숨이 뿜어져 나왔다.

이마에는 땀이 연신 솟아났고 그녀의 허리를 감싼 손은 축축이 젖어 자신의 것이 아닌 것처럼 여겨졌다.

손을 떼지는 못했다.

심법에 집중하고 있는 이 순간 자칫 손을 떼게 되면 균형을 잃어버릴 수 있기 때문이었다. 운호는 그녀의 심법 운용이 끝날 때까지 꼼짝없이 앉아 있어야만 했다.

한설아가 눈을 뜬 것은 거의 한 시진이 지난 후였다.

백지장처럼 창백하던 그녀의 얼굴은 청성의 독문심법 청명신공의 운기가 끝나자 완연하게 붉은색을 띠었다.

그렇다고 단 한 번의 운기로 그녀의 상세가 대폭 호전된 것은 아니었다.

천천히 숨을 몰아쉰 한설아가 다시 휘청하며 운호의 품으로 쓰러진 것은 상처의 경직과 고통 때문이었다.

"괜찮으시오?"

"네, 괜찮아요. 나 좀… 눕혀줘요."

품에 안긴 자세에서 한설아가 운호를 바라보았다.

처음이 힘들 뿐 여러 번 같은 일이 반복되면 익숙해지는데 그것은 한설아도 마찬가지였다.

처음에는 그토록 얼굴을 붉히더니 이제는 운호의 손이 허리에서 떨어진 것만으로도 여유를 되찾을 만큼 편안한 목소리로 부탁을 해왔다.

운호가 자세를 바꾸어 조심스럽게 자리에 눕히자 그녀의 얼굴이 찡그려졌다.

오랜 시간 같은 자세를 취한 것에 따른 고통 때문임이 분명했다.

자신 역시 몇 번이나 당해본 일이기에 운기가 끝난 후의 고통에 대해서는 누구보다 잘 알고 있다.

그러나 그 고통은 누구의 도움으로 해소될 수 있는 것이 아니었다.

"소저, 힘들더라도 조금만 참으면 좋아질 거요. 팔다리에 힘을 빼고 최대한 편하게 몸을 늘어뜨리면 고통이 덜할 겁니다."

"잘 아시네요."

"나도 소저처럼 여러 번 누워 있었소."

"정말인가요?"

"그렇소."

"상처가 완쾌되는 데 얼마나 걸렸나요?"

"나 같은 경우는 운기를 시작하고 나서 삼 일 만에 일어났소."

"무슨… 그런……."

고통으로 얼굴을 찌푸린 상태에서도 그녀는 황당함을 감추지 못했다.

이런 중상을 삼 일 만에 치료했다는 소리는 지금까지 살아오면서 한 번도 들은 적이 없기에 그녀는 말꼬리를 흐리며 운호의 얼굴을 맥없이 바라봤다.

웬만해서는 농담하는 사람이 아닌데 왜 갑자기 그런 농담을 하는지 살피는 시선이다.

하지만 운호의 얼굴은 낯빛 하나 변하지 않았다.

"못 믿으시오?"

"말이 안 되잖아요."

"뭐, 못 믿는다면 할 수 없지만 정말 그랬소."

"그럼 나도 삼 일 후면 일어설 수 있겠네요?"

"그거야……."

빤히 쳐다보며 한설아가 말하자 이번에는 운호의 말꼬리가 흐려졌다.

사람마다 특성이 다르고 입은 상처의 경중이 다르다.

또한 심법의 요상 능력에 차이가 있을 터이니 똑같은 잣대로 판단할 수는 없기 때문이다.

그러나 하나씩 예를 들며 설명하기에는 한설아의 눈빛이 너무나 부담스러웠다.

그녀의 눈빛은 이틀이 지난 지금 점점 더 선명하게 바뀌고 있었다.

현명하고 착한 여자란 건 그녀의 행동이 말해준다.

말을 잇지 못하자 그녀는 자연스럽게 화제를 바꾸어 운호의 곤혹스러움을 해소시켜 주었다.

"혹시 친구 분들 연락이 없었나요?"

"없었소."

"금방 오실 줄 알았는데 많이 걸리네요."

"곧 돌아올 테니 잠시만 참으시오."

"제가 행방불명되었기 때문에 많은 분들이 걱정하고 계실 거예요. 소협께서 저에 대한 소식을 청성에 알려주실 수는 없을까요?"

"어찌하면 되오?"

"광명로에 나가면 정문객잔이 있어요. 거기 주인에게 제가 여기 있다는 걸 알려주시면 청성으로 소식이 갈 겁니다."

"그렇다면 내 그리하리다."

운호는 의방에서 나와 그녀가 가르쳐 준 대로 광원의 중심대로인 광명로를 향했다.

정문객잔은 광명로의 끝 쪽에 위치하고 있었는데 점심시간이 지나서 그런지 사람이 별로 없어 한산했다.

천천히 걸어 산대에 서자 뚱뚱한 삼십 대 장한이 무슨 일이냐는 표정으로 바라봤다.

"주인은 어디 있소?"

"내가 주인인데 왜 그러시오?"

"잠깐 시간을 내주시오. 전해줄 말이 있고 물어볼 말도 있소."

"내가 자리를 비우면 계산은 누가 한단 말이오? 여기서 말하시오."

주인은 운호의 등에 매달린 검을 보고도 조금의 두려움도 내보이지 않았다.

기세를 슬쩍 끌어올렸는데도 반응을 보이지 않았다는 건 사내가 단순한 객잔 주인이 아니란 뜻이다.

"일미에 대한 소식이오. 그래도 자리를 옮기지 않으시겠소?"

"일미? 그대는 누구요?"

"점창."

"음, 이쪽으로."

주인은 오른쪽 문을 가린 발을 들어 올린 후 눈짓을 했다.

먼저 들어가란 뜻이다.

그랬기에 운호는 문을 통해 좁다란 복도를 걸어갔다.

복도는 폭이 반 장밖에 되지 않을 만큼 좁았는데 열 발자국 걷자 제법 커다란 공터가 나왔다.

공터는 건물로 둘러싸여 있었고 그 크기는 다섯 평에 지나지 않았다.

주인이 모습을 드러낸 것은 공터를 둘러싼 건물들의 구조를 유심히 살피고 있을 때였다.

기척.

무인의 숨소리는 언제나 기세를 동반하고 그 기파의 흐름은 고수의 귀에는 천둥처럼 들린다.

건물에는 세 명이 숨어 있었는데 기운을 숨겼음에도 미세한 기파가 흘러나오고 있었다.

스스로 주인이라 한 사내가 운호의 면전으로 다가온 것은 기파의 흔적이 흘러나온 곳을 주시한 후 원래의 위치로 시선이 돌아왔을 때다.

그의 입은 빠르게 열렸는데 표정은 무척 급해 보였다.

"일미는 어디에 있소?"

"그녀는 서량의방에서 치료 중이오."

"다쳤단 말이오?"

"심각한 검상이 네 군데요. 다행히 치료가 늦지 않아 생명에는 지장이 없소. 이제 나도 물읍시다. 당신은 누구요?"

"나는 이곳 비원을 책임지고 있는 추보승이란 사람이오."

"청성 사람이오?"

"그렇소."

"나는 그녀에게 두 가지를 부탁받았소. 첫 번째는 당신에게 그녀의 위치를 말해주는 것이고, 둘째는 청성의 피해와 흉수들에 관한 정보를 알아오라는 것이었소. 말해주실 수 있겠소?"

"삼 일 전 급습으로 열한 명이 목숨을 잃었소. 본산 주력 무인들이 대거 하산해서 흉수들을 추적하고 있으나 아직까지 그들의 흔적이나 정체는 밝혀내지 못한 것으로 알고 있소."

"그렇다면 표물은 어찌 되었소?"

"무슨 표물 말이오?"

"이번 싸움의 원인은 표물 때문이었소. 그에 대한 말은 듣지 못하셨소?"

"표물이 있었다는 말은 금시초문이오."

"음……."

질문은 운호가 했으나 의문을 더 많이 나타낸 건 사내였다.

저절로 한숨이 흘러나왔다.

비원은 청성의 정보기관인데 책임자인 추보승이 표물에 대한 정보를 갖고 있지 않다는 건 많은 의미를 내포하는 것이다.

가장 궁금한 것이었으나 추보승이 오히려 반문하며 의문을 나타내자 운호는 더 이상 묻지 않고 가볍게 허리를 숙였다.

모른다면 더 이상 표물에 대해서 떠들어봤자 괜한 분란만 만들 뿐이다.

들은 건 다 들었고 말해줄 건 다 말해줬으니 이제 여기에 있을 이유가 없기에 운호는 마지막 말을 꺼냈다.

"아마 일미는 의방에 며칠 더 있어야 될 것이오. 본산에 연락해서 빠른 시간 내에 사람을 보내주시면 고맙겠소. 나는 바빠서 그녀를 더 이상 돌봐줄 수 없소."

모든 일은 예상처럼 되지 않았다.

비원에 다녀왔으나 청성에서는 삼 일이 지난 지금까지 코빼기도 비추지 않고 있다.

더욱 답답한 것은 운상과 운여조차 깜깜무소식이란 것이다.

흉수를 추적하겠다고 나선 놈들은 오 일이 지난 지금까지 한 번의 연락조차 없었다.

답답함과 걱정으로 찾아 나설 생각을 수도 없이 했지만 운호는 결국 의방을 벗어나지 못했다.

한설아로 인해서였다.

그녀는 삼 일이 지난 지금까지 몸만 간신히 일으키는 상태이기 때문에 홀로 두고 떠난다는 건 쉬운 일이 아니었다.

이제 한설아는 식사 시간이 되면 자연스럽게 운호의 품에 안겼고, 운기를 할 때면 등을 내밀며 안아달라는 시늉을 했다.

더욱 웃긴 것은 운호 역시 그것을 평상시 하던 버릇처럼 당연하게 받아들인단 것이다.

습관은 이처럼 무섭다.

운호의 품에 안겨 식사를 마친 한설아는 만족스런 표정을 지으며 입을 열었다.

"여기 입술 위 닦아줘요."

"어디 말이오?"

"왼쪽 입술 위에 국물이 묻은 것 같아요."

"여기 말이오?"

"네, 거기요."

운호가 하얀 면포를 들어 그녀가 말한 곳을 닦아주자 한설아의 입에서 애교 섞인 비음이 흘러나왔다.

그녀는 불과 며칠 만에 운호에게 알몸을 보여주었던 부끄러움을 모두 잊어버린 모양이었다.

6장

백룡사

운상과 운여가 의방으로 들어선 것은 운호가 갑갑해하는 한설아를 부축해서 문지방에 앉아 따스한 햇살을 마중하고 있을 때였다.

무려 칠 일이 지났음에도 놈들은 잠깐 마을이라도 다녀온 것처럼 아무렇지도 않게 들어왔다. 얼굴에는 비실거리는 웃음을 매달고 있었다.

"뭐냐, 너희? 어디 갔다가 지금 돌아와!"

"뭐하긴, 그놈들 추적했지."

"거짓말! 놈들에 대한 정보는 내가 가졌으니 사정만 알아보고 돌아오랬잖아."

"언제?"

"니들 떠날 때 내가……."

"한 소저께서는 많이 좋아지셨네요?"

뻔뻔하게 반응하는 운여를 향해 핏대를 올릴 때 운상이 중간에서 말을 잘라먹으며 한설아에게 다가왔다.

그런 운상을 향해 한설아가 마주 미소를 지어 보였다.

"며칠 있으면 일어날 수 있을 것 같아요."

"벌써요?"

"벌써라뇨. 칠 일이나 꼼짝하지 못했는걸요."

"그런가? 그런데 왜 이렇게 짧게 느껴지지?"

"무슨 소리예요?"

"아닙니다. 그럼 여기 더 계셔야겠네요."

"아무래도 그래야 될 것 같아요."

"운호가 잘 돌봐줬어요?"

"…네."

갑작스런 질문에 한설아는 대답을 흐리며 얼굴을 붉혔다. 마치 뭔가 알고 있는 듯한 눈빛이고 말투였다. 그러자 운호가 서둘러 나섰다.

"야, 너희. 방에 들어가 있어. 한 소저 눕혀놓고 금방 갈 테니까."

"천천히 와도 돼."

분명 뭔가 아는 태도이다.

놈들은 동시에 음흉한 웃음을 흘리며 돌아섰는데 음모의 냄새가 물씬 풍겨 나오고 있었다.

한설아를 눕혀놓고 서둘러 방으로 들어서자 두 놈은 최대한 편한 자세로 누워 있다가 눈만 돌려 운호가 들어오는 걸 바라봤다.

운상과 운여가 기겁하고 일어선 것은 운호가 허리까지 발을 들고 둘 중 누굴 먼저 밟을까 고민하고 있을 때였다.

"이놈이 오랜만에 돌아온 친구들한테 폭력부터 행사하려고 드네."

"맞을 짓을 했으니 맞아야지."

"우리가 무슨 짓을 했는데?"

발을 내리며 운호가 자리에 앉자 여전히 뻔뻔한 얼굴로 운상이 되물었다.

증거 불충분.

심적으로는 의심이 갔으나 확증이 없기 때문에 운호는 운상의 반문에 입맛을 쩍쩍 다셨다.

이럴 때는 달래야 한다.

확증을 잡을 때까지 놈들이 경계를 풀도록 달래는 것이 윽박지르는 것보다 훨씬 효율적인 방법이다.

"너희 사라지고 칠 일 동안 죽을 뻔했다. 진짜 궁금하니까 말해봐. 도대체 어딜 갔다 온 거냐?"

"흐흐, 정말 궁금해?"

"응."

놈의 웃음에 뭔가 있다는 확신을 가진 운호가 속으로 주먹을 불끈 쥐었다.

이것들이 분명 자신을 속이고 일을 벌인 게 틀림없었다.

이야기를 들어보고 만약 그게 사실이라면 반드시 피의 보복을 하리라 다짐했다.

낄낄 웃던 운상이 천천히 입을 연 것은 운호가 최대한 순진한 표정으로 자신을 바라보는 걸 확인한 후였다.

"우린 광원에 있었다."

"광원?"

"그래, 광원. 우리는 객잔에 머물면서 일이 벌어진 장소를 중심으로 외곽 전체를 샅샅이 뒤졌어."

"그래서?"

"그렇게 서둘렀는데 어느새 시신은 다 사라졌고 핏자국까지 지웠더라."

"핏자국까지 지우다니 그게 말이 돼?"

"아무래도 산분을 쓴 것 같아. 산분은 적의 추적을 뿌리치는 데 특효라서 모든 걸 지우거든."

"별게 다 있네."

"문제는 그다음이야. 다음 날부터 청성에서 엄청난 병력이 내려왔는데 그들을 따라다니다 재밌는 소릴 들었다."

"답답해. 빨리 말해봐."

"청성이 놈들한테 표물을 뺏겼단다."

"표물을 뺏겨?"

"청성이 발칵 뒤집힌 건 그것 때문이야. 청성 전체가 움직인 건 보복 때문이 아니고 표물 때문임이 분명해."

"그 표물이 뭔지 정말 궁금하다. 그럼 만호자가 무사하지 못했겠는데?"

"귀신같은 놈. 그걸 어떻게 알았냐?"

"표물은 만호자가 가지고 있었으니까. 한 소저가 말해주더라."

"어느 정도 다쳤는지 알 수 없었지만 다친 것만은 확실해. 청성 사람이 걱정하는 소릴 들었으니까."

"그래서 여기로 사람을 보내지 못했군. 이제야 알겠다."

"그건 또 무슨 소리야?"

운여의 물음에 운호가 한설아의 부탁으로 정문객잔에 다녀온 이야기를 해주자 두 사람의 얼굴이 심각하게 변했다.

벌써 오 일이 지났는데도 사람이 오지 않는다는 건 그만큼 청성이 처한 처지가 심각하다는 걸 알려주는 것이다.

그때 불쑥 운상이 나섰다.

"아무래도 청성이 코가 꿴 것 같다."

"냄새가 나지?"

"나는 정도가 아니라 진동을 한다. 분명 천문상단의 배후에 누군가 있어."

"공격한 놈들은 아냐. 다른 자들이다."

"왜?"

운호가 단정적으로 말하자 이번엔 운여가 나서며 물었다.

그의 얼굴엔 의문이 담겨 있었다. 확신에 가까운 운호의 표정 때문인 것 같았다.

하지만 운호는 여전히 한 치의 흔들림도 없이 말을 이었다.

"천문상단은 사천사흉만 움직이는 걸로 알고 있었어."

"그자들이 내통하고 있었다는 말이야?"

"그래. 하지만 천문상단은 사천사흉이 천(天)이라는 조직의 앞잡이에 불과하다는 건 몰랐다."

"네가 그걸 어떻게 알아? 천은 또 뭐고?"

"혈번에게 들었다. 혈번은 죽기 전 이번 일이……."

운호의 입에서 혈번에게 들은 이야기가 줄줄 흘러나왔다.

어느 날 천문상단에서 사람을 보내왔는데 금룡표국이 운반하는 물건을 탈취해서 가져다주면 백만 냥을 주겠다는 제의를 해왔다는 것이다.

그 물건이 무엇이냐고 물었으나 천문상단 측은 절대 알려주지 않았고, 대신 그것이 자신들이 의뢰한 물건이라고만 말했다고 한다.

무서운 암계.

예전처럼 혼자였다면 절대 먹어서는 안 될 독약임이 분명했기에 상부에 보고하자 그가 속한 조직 천(天)은 기다렸다는 듯 움직였고, 통령이란 자를 파견해서 지휘를 하도록 만들었다.

통령은 혈번을 일검에 무릎 꿇려 천에 강제적으로 가입시킨 인물이었다.

무시무시한 무력을 지녔을 뿐만 아니라 독사의 악랄함과 늑대의 음흉함을 동시에 지닌 절대고수였다. 그는 파견되어 온 순간부터 표물의 정체를 아는 것 같았다고 했다.

혈번은 통령을 보면서 천의 움직임이 자신의 보고로 인해서 시작된 게 아닐지도 모른다는 생각했단다.

신비의 조직 천(天).

근거지는 물론이요, 규모뿐 아니라 조직 체계도 전혀 알려지지 않았지만 혈번은 대적 불가의 공포감에 도망칠 엄두조차 내지 못했다고 했다.

사파로 분류되는 마두 중 상당수가 천의 강제에 의해 억지로 가담되었다는 게 그의 설명이었다.

모든 이야기를 들은 운상과 운여는 입을 떠억 벌린 채 한동안 서로의 얼굴만 바라봤다.

도대체 믿기지 않는 이야기였다.

강호에는 온갖 기사가 난무하지만 암중에서 이런 조직이 암약한다는 말은 처음이다.

그들이 본 통령 단황야의 무력은 무림백대고수에 필적할

만큼 어마어마한 것이었다.

그런 자가 누군가의 지시를 받는다면 삼십팔무맥과 자웅을 겨뤄도 부족하지 않다는 뜻인데 그런 조직이 노출되지 않았다는 것 또한 말이 안 되는 이야기였다.

더군다나 혈번의 말대로 강호에서 악명을 떨치는 마두들이 대거 가담된 게 사실이라면 보통 큰일이 아니었다.

"미치겠군."

"운호, 그런 이야기를 왜 지금 하는 거냐?"

운상이 머리를 벅벅 긁자 운여가 쌍심지를 켜고 나섰다.

이렇게 중요한 사실조차 모르고 돌아다녔던 게 무척이나 분한 모양이다.

하지만 운호는 그저 피식 웃을 뿐이다.

"언제 말할 새가 있었어야지. 정신없이 도망가서 지금 돌아온 놈들이 누군데 지금 와서 큰소리야?"

"그거야 사정이 있었잖아. 우리가 괜히 그랬겠어? 너 다 죽어가는 꼴 보기 싫어서 그랬다. 한 소저 간병하면서 같이 있으면 네가 당 소저 잊을 것 같아서……."

"미친놈들."

일부러 그랬다는 뜻이다.

놈들은 오랜 시간 가슴속의 응어리를 풀지 못하고 아파하는 친구의 모습을 보기 싫었던 모양이다.

입에서는 욕이 튀어나왔지만 얼굴에는 허탈한 웃음이 떠

올랐다.

"아까 보니까 많이 사이가 좋아진 것 같더만, 어땠냐?"

"인마, 힘들어 죽을 뻔했어."

"힘들긴, 저렇게 아름다운 여인 옆에 있으면서 뭐가 힘들어?"

"그런 일이 있었다."

"이놈, 슬쩍 말꼬리 돌리는 것 좀 봐."

"농담 그만 하고 내 말 들어봐."

운호가 먼저 말투를 바꾸자 운여와 운상도 슬그머니 표정을 가라앉혔다.

지금 정보를 가장 많이 가지고 있는 것은 운호이기 때문에 가장 현명한 판단을 내릴 수 있는 사람도 운호였다.

"내가 봤을 때 청성은 그자들을 찾지 못할 거야."

"그건 나도 그렇게 생각해. 아까 말했듯이 아주 깨끗이 사라졌어. 아무런 흔적도 남기지 않았단 말이지."

"더군다나 청성은 표물을 잃어버렸기 때문에 천문상단으로부터 곧 난감한 일에 부딪치게 될 거다. 아마 분쟁이 시작될지도 몰라. 내 생각엔 천문상단 뒤에 당문이 있는 것 같다."

"왜 그런 생각을 했지?"

"우리가 칠절문을 박살 내면서 당문은 사천 남부를 완전히 장악했기 때문에 천문상단의 숨통을 쥐게 되었어. 더군다나 그들은 풍검장과 사돈을 맺었다. 역대 당문 가주들의 소원이 청성을 누르고 사천제일로 우뚝 서는 것이었지. 당문은 힘이 생긴 이상 언제라도 청성과 싸울 수밖에 없는 사람들이었다. 청성은 모르고 있겠지만 당문에겐 운명이었던 거지."

"그게 정말이라면 사천에 또다시 피바람이 불겠군."

"아마 청성도 지금쯤 대충 눈치를 챘을 것 같다. 조만간 사천으로 나온 병력을 회수할 거야."

"힘이 생기니 모든 문파가 온통 칼질할 생각밖에 안 하는 모양이다."

"그래서 말인데, 청성이 손을 놓게 되면 놈들은 우리가 찾아야 될 것 같다."

"탕마행은 어쩌고?"

"혈번이 죽기 직전에 말한 것이 귀주의 백룡사였어. 놈들은 포섭한 마두들을 그곳에서 숙식시키며 정신교육을 시켰다고 한다. 그곳에 가면 놈들의 꼬리를 잡을 수 있을 거야."

"옳거니."

운상이 무릎을 치며 쾌재를 불렀다.

마두들도 잡을 수 있고 놈들의 꼬리도 잡을 수 있다면 그야말로 일석이조의 효과이기 때문이다.

하지만 운여는 운호를 빤히 쳐다보기만 하다가 은근한 목소리로 물었다.

"언제 갈 건데?"

"한 소저가 움직이게 되면 떠날 생각이다."

"청성으로 돌려보낼 생각이냐?"

"그럼?"

"네 말대로 당문이 움직인 거라면 거대한 싸움이 시작될 텐데 괜찮을까?"

"그리 되면 그녀는 스스로 돌아갈 거야. 사문이 전쟁을 하는데 도망가라고 할 수는 없는 일 아니냐?"

"그러지 말고 이렇게 하는 건 어때?"

"어떻게?"

"한 소저에게 놈들을 찾으러 같이 가자고 해보자. 일단 귀주까지만 가면 전쟁을 피할 수는 있을 거다. 분명 전쟁은 표물을 빌미로 일어날 테니 청성의 입장에서 본다면 표물을 회수하는 것 또한 매우 중요한 일이지 않겠어?"

"아주 훌륭한 생각이다!"

운여의 제안에 운상이 손을 번쩍 들고 나왔다.

놈은 운여의 생각이 기특하다는 표정을 마구 지으며 쌍수를 들고 환영했다.

이럴 때는 두 놈이 환상의 호흡을 맞춘다.

하지만 운호는 선뜻 운여의 생각에 동의하지 않았다.

그녀가 어떻게 생각할지 알 수 없었기 때문이다.

운상과 운여는 점심만 먹은 후 광원으로 나갔기 때문에 운호는 또다시 혼자 남아 한설아의 간병을 해야 했다.

놈들은 끝까지 한설아의 곁에 운호를 남겨두기 위해 발버둥을 치고 있었다.

남자와 여자의 관계는 참으로 오묘하다.

살을 맞대고 의지하는 시간이 지날수록 한설아의 얼굴에는 부끄러움 대신 웃음이 떠나지 않았다.

그녀는 운호와 같이 있는 이 시간을 행복해하는 것 같았다.

그러나 그것은 그녀만의 변화가 아니었다.

운호 역시 그녀와 함께하며 많은 변화를 겪고 있었다.

자신을 의지한 채 모든 것을 맡긴 여인.

당운영을 완벽히 보내지 못했기에 거리를 두려 했으나 그녀는 어느새 조금씩 다가와 자신의 마음 한구석에 서서히 자리 잡기 시작했다.

한설아가 정상의 몸이었다면 이렇게 빨리 그녀를 받아들일 수 없었을 것이다.

좋은 모습과 예쁜 외모를 가지고 접근했다면 철갑처럼 온몸에 둘러놓은 방어막으로 밀어냈을 텐데 그녀는 철저하게 망가진 채 다가와 그의 굳은 심장을 헤집어놓고 말았다.

눈을 감으면 상처 입은 알몸으로 부들부들 떨고 있던 그녀의 모습이 떠올랐다.

보지 않으려 했으나 어쩔 수 없이 봐야 했고 부득이 손을 움직여 그녀의 상처를 치료했다.

처음에는 상황 탓으로 돌리기도 했지만 시간이 지날수록 그것이 얼마나 어리석은 짓이었는지 알 수 있었다.

이것이 진정 인연이라면 아무리 피하려 노력한다 해도 피할 수 없을 것이다.

천천히, 아주 천천히, 그녀와 어떤 운명의 끈으로 맺어졌는지 지켜볼 생각이었다.

시간은 빨리 흘러 사 일이 지나자 드디어 한설아가 걷기 시작했다.

처음에는 힘들어했지만 한나절 움직이고 나서는 제법 걸음에 힘이 붙었다.

운호가 그녀에게 은근한 목소리로 말을 붙인 것은 저녁을 먹은 후였다.

"소저, 이제 몸이 다 회복된 것 같소."

"고마워요. 모두 공자 덕분이에요."

"그건 인정하오. 내가 소저 때문에 고생을 많이 하긴 했지요."

"호호, 겸손할 줄 알았는데 너무 내세우시네요."

"험험, 난 원래 사실을 숨기지 못하는 성격이라오."

운호가 헛기침을 하며 농담을 이어가자 한설아가 깔깔거리며 웃었다.

오랜만에 들어보는 운호의 농담이기 때문인지 그녀는 배

를 부여잡고 웃음을 멈추지 못했다.

그녀의 입이 다시 열린 것은 운호가 너무 많은 웃음에 계면쩍은 표정을 지을 때였다.

"혹시 저희 사문 소식은 더 들어온 게 없나요?"

운상과 운여가 떠난 이후로 운호는 틈틈이 지금까지 벌어진 사실들에 대해서 그녀에게 알려줬다.

혈번의 일은 물론이고 청성이 표물을 빼앗긴 일, 그리고 그로 인해 당문의 압박이 시작된 일이 주요 내용이었다.

정신없이 돌아가는 사천무림의 상황은 그녀를 걱정 속으로 빠뜨리기에 충분했다.

"당문의 압박이 더 심해졌다는 소린 들었소. 표물의 주인이 그들이라며 배상 비용으로 오백만 냥을 요구했다더군요."

"도대체 그 표물이 뭐길래……."

"당문의 압박이 워낙 심해 청성은 움직임이 원활하지 못할 거요. 표물이 원인이었지만 사실 표물은 핑계에 불과하다는 걸 잘 알기 때문이죠. 당문의 목적을 안 이상 청성은 많은 준비를 해야 될 겁니다."

"그럼 어쩌죠?"

"명분 싸움이오. 지금 청성이 가장 필요한 것은 표물이오. 표물만 되찾을 수 있다면 전쟁을 피할 수도 있을지 모르오."

"그렇다면 표물의 행방을 알 수 없으니… 전쟁은 피할 수 없겠군요. 청성은 절대 당문에 굴복해서 그 금액을 변상하지 않을 테니 말이에요."

"그래서 말인데, 소저, 나와 귀주로 가는 게 어떻겠소?"

"무슨 말씀이시죠?"

"놈들의 흔적이 귀주에 있는 백룡사로 향하고 있소. 거기 가서 놈들의 꼬리를 잡는다면 표물의 행방을 추적할 수도 있기 때문이오. 청성이 지금 상황에서 움직일 수 있는 것은 소저밖에 없는 것 같구려."

한설아가 자리를 털고 일어나 정문객잔으로 간 것은 그 다음날 아침이었다.

운호와 한설아가 의방을 나서자 운상과 운여는 기다렸다는 듯 나타나 그들의 뒤를 따랐다.

그녀가 객잔으로 들어가 있는 동안 운호는 밖에서 기다리며 귀신같이 나타나 뒤를 따라온 친구들을 향해 뒤늦게 인상을 썼다.

"너희, 나 감시했냐?"

"감시는 무슨, 저번에 왔을 때 네가 오늘이면 한 소저가 일어날 수 있을 거라고 했잖아. 시간 맞춰 왔을 뿐이다."

"내가 언제?"

"나도 들었어. 그러니까 시비 걸지 마."

운상에 이어 운여까지 나서자 운호는 골똘히 생각에 잠

졌다.

두 놈이 한꺼번에 똑같이 주장하자 헛갈렸기 때문이다.

하지만 아무리 생각해도 그럴 리 없었다.

한설아가 언제 일어날지는 자신도 알지 못했는데 누구한테 말한단 말인가.

이 두 놈은 미리 입을 맞춘 게 분명했다.

"솔직히 불어. 너희, 내 머리가 얼마나 좋은지 몰라?"

"운여야, 얘가 오늘이라고 말 안 했나?"

"흐흐, 그런가?"

"그럼 우리 오늘 어떻게 온 거냐?"

"뭘 어떻게 와. 대충 시간이 된 것 같아 그냥 와본 거지. 그랬더니 떡하고 행장 차림으로 나와서 우리를 즐겁게 해주잖아. 그러고 보면 운호는 정말 착해."

"얼씨구!"

아주 둘이 죽이 척척 맞았다.

그대로 놔뒀다가는 이놈들은 언제까지 농담을 이어갈지 몰랐다.

그랬기에 운호는 표정을 바꾸며 질문했다.

"어떠냐, 분위기는?"

"점점 심각해져 가는 중이야. 청성에서는 공식적으로 당문의 제안을 거부했다."

"아마 당문은 청성이 거부하기를 기다리고 있었던 것 같

아. 당문의 움직임이 빨라지고 있어."

"어떻게?"

운상에 이어 운여가 보충 설명을 하자 운호의 목소리가 조금 올라갔다.

당문이 움직이기 시작했다는 건 전쟁의 시기가 당겨진다는 걸 의미한다.

"당가 전체에 비상이 걸렸고 천문학적인 돈을 풀어서 낭인들을 끌어모으기 시작했다."

"낭인을?"

"돈은 귀신도 부린다는 소리가 있잖아. 무림에는 조직에 속하지 않은 채 자유롭게 떠돌아다니는 검귀, 도귀들이 지천으로 깔려 있지. 당문은 사천남부를 장악해서 번 돈으로 그들을 사고 있다."

"청성이 갑갑해지겠군."

"그렇지만 청성도 만만치 않아. 점창과 달라서 그들은 최근 백 년 동안 전성기를 구가했기 때문에 소속 무인들 숫자도 많고 속가의 세력도 대단하다. 아마 낭인을 끌어모은 당문이라 해도 청성을 꺾는 것은 쉬운 일이 아닐 거야."

운상이 바닥에 대충 그려진 사천 지도에서 청성이 차지하고 있는 지역을 그었다.

칠절문의 영역을 흡수했기 때문에 당문이 차지한 지역은 청성보다 컸으나 그럼에도 현격한 차이가 나는 것은 아니었다.

그때 운여가 사천 지도 옆에 동그라미를 하나 더 그리며 운상의 설명을 보충했다.

"문제는 풍검문이겠지. 아마 당문은 철저하게 계획을 세워 놓고 있었던 것 같아. 풍검문을 사돈으로 맞아들인 것은 청성과의 전쟁을 염두에 뒀기 때문일 거다."

"운여, 속단하면 안 돼."

"타당성은 충분해. 나는 당청이 그랬으리라 본다."

"풍검문은 쉽게 전쟁에 가담하지 못할 거다."

"왜?"

이해되지 않는 표정으로 운여가 얼굴을 찡그리자 운호가 이번에는 청성의 영역 위쪽에 동그라미를 하나 더 그렸다.

그 동그라미는 청성 본산과 아주 근접하게 그려졌는데 서로 이어진 것처럼 가까웠다.

"풍검문이 참전하면 아미파가 나서기 때문이지. 청성과 아미는 전통적으로 우의를 다져온 문파이니 그냥 두고 보지는 않을 것이다."

"그리 되면 사천 전체가 난리가 나겠군."

"그렇기 때문에 이번 전쟁의 승패는 정보전이 될 수밖에 없다. 청성은 온 힘을 기울여 풍검문의 움직임을 파악하고 있어야 치명상을 막을 수 있어."

"그렇겠군. 기습을 당하지 않으려면."

운호가 눈을 지그시 내리깔며 말하자 운상이 지체 없이 동의를 해왔다.

이제 분석할 내용은 거의 분석되었기 때문에 받아들인 것들이 하나로 모아지기 시작했다.

"청성도 이제 본격적으로 움직이겠구나."

"당문과 마찬가지야. 청성은 오랜 시간 사천 북부를 장악한 패자였다. 그들도 만만치 않은 자금력을 가지고 있으니 병력 충당에 박차를 가할 게 분명해."

"우리와 칠절문의 싸움과는 완전히 다른 싸움이 되겠어."

"벌어지게 된다면 그럴 거다. 시작되면 사천이 모두 피바다로 변할 수도 있어. 자칫 풍검문이나 아미파까지 참전하게 되면 강북 전체가 시끄러워지고."

"그리 되면 수많은 사람이 죽는다. 할 수만 있다면 최대한 빨리 표물을 찾아 당문의 의도를 막는 게 최선의 방법일 거야."

"쉽지 않겠지만 그렇게라도 해봐야지."

세 사람이 분석한 내용은 거의 일치했다.

점창과 칠절문은 지닌 무력만으로 전쟁을 치렀지만 청성과 당문의 싸움은 사천 전체를 전장으로 몰아넣는 거대한 싸움이다. 두 문파의 특성이 다르기 때문이다.

거기에 지원군까지 가세한다면 전쟁은 사천에서 확산되어 강북으로 치닫게 될지 몰랐다.

현재의 무림 세력 분포는 누군가가 기름만 붓는다면 언제든지 타오를 만큼 팽팽하게 대치하고 있는 상태였기 때문이다.

운호 일행이 밖에서 숙의를 할 동안 정문객잔의 밀실에서도 두 사람이 머리를 맞대고 있었다.

한설아와 백건이었다.

백건은 아직 왼 손목에 하얀 붕대를 매고 있었는데 괴인들에게 당한 상처가 완벽하게 완쾌되지 못한 것으로 보였다.

두 사람의 표정은 굳어 있고 음성은 신중했는데 주로 묻는 것은 한설아였고 대답하는 것은 백건이었다.

"정말 전면전을 벌일까요?"

"그럴 가능성은 이제 팔 할이 넘었다. 아무래도 그들은 오랜 시간 기다려 온 것 같구나."

"도대체 왜 그런 생각을……. 많은 피가 흐를 텐데 그들은 왜 전쟁을 원할까요?"

"무인의 피가 흐르기 때문이다. 사천의 패자는 언제나 청성이었어. 그들에게는 아마 그것이 치욕으로 여겨졌을 거다."

"그래도 우리는 그들을 업신여긴 적이 없잖아요."

"우리는 없었을지 모르지만 그들은 수없이 당하고 느꼈을 것이다. 그게 세상의 이치 아니겠느냐."

"이길 수 있을까요?"

"당문은 이미 만반의 준비를 하고 있다. 난다 긴다 하는 낭인고수들이 대부분 그들에게 포섭되었고 수많은 특수병기가 미리 제작되어 실전 배치되었다."

"그럼 어쩌죠?"

"우리도 최선을 다하고 있다. 천하에는 전쟁을 찾아 떠도는 자가 수없이 많고 그들 중에는 명호만 들어도 입이 떡 벌어질 정도로 강한 자들도 숱하다. 전운이 감돌게 되면 그자들은 분명히 움직일 것이고, 우리 역시 그런 낭인들을 포섭할 생각이다. 또한 무림 각지에 흩어져 있는 청우회가 소집되었다. 당문이 원한다면 절대 물러서지 않겠다는 게 장문인의 의지다."

"아, 청우회마저……."

백건이 청우회를 거론하자 한설아의 안색이 급격히 흐려졌다.

청우회는 청성과 인연이 있는 무림명사들의 모임을 말한다.

청성은 오 년에 한 번씩 그들을 본산으로 초청해서 우의를 다지는 자릴 마련하곤 했는데 그때마다 삼백에서 오백에 달하는 무인이 참석했다.

청우회에 속한 무인 중 상당수는 무림에서 쟁쟁한 명성을 떨치는 사람들이었다.

한설아의 안색이 흐려진 것은 청우회의 소집이 무얼 뜻하는지 너무나 잘 알기 때문이다.

명운을 건 전쟁.

청우회까지 참전시킨다는 것은 청성이 이번 싸움을 국지전이 아닌 전면전, 그것도 최후의 일인까지 싸우는 파멸도 각오하고 있다는 뜻이다.

하지만 백건의 얼굴은 한 치의 흔들림도 보이지 않았다.

결의에 찬 표정이다.

"네가 귀주로 가는 것에 대한 허락이 떨어졌다. 장문인께서는 네 안위를 무척이나 걱정하시고 계신다. 그러니 섣불리 움직이지 말고 마검 곁에서 한시도 떨어지지 말거라."

"그럴게요. 그분이 표물의 행방에 대해서 단서를 잡았다고 하니 잘하면 찾을 수도 있을 거예요. 그리 되면 이 전쟁도 막을 수 있겠죠?"

"명분을 청성으로 가져올 수는 있겠지만 그런다고 해도 전쟁을 피하지는 못할 거다. 표물은 핑계에 불과하니까. 하지만 최선을 다해서 찾아라. 표물을 찾게 되면 천하가 심정적으로 청성의 편을 들게 된다."

"표물의 정체를 가르쳐 주세요. 그게 뭐죠?"

마침내 한설아가 지금까지 참아온 질문을 던졌다.

표물을 찾으러 간다면서 표물이 뭔지도 모른다는 건 말이 안 되기 때문에 사문에서 비밀로 취급하고 있다는 걸 알면서도 물을 수밖에 없었다.

하지만 백건은 당연한 질문임에도 침묵을 지킨 채 한동안 입을 열지 않았다.

그도 이제 말해줘야 한다는 걸 알고 있었으나 쉽게 입을 열지 못하는 건 그 비밀이 너무 크기 때문이다.

그의 입이 열린 것은 한설아가 더 이상 참지 못하고 다시 한 번 독촉하기 위해 움찔했을 때였다.

청성 수뇌부만 알고 있다는 비밀.

비원주까지 모르게 한 표물의 정체는 한동안 망설이고 망설이던 백건의 입을 통해 어렵게 세상으로 나왔다.

"…검이다."

"검이라뇨?"

"천문상단이 보낸 것은 막사검이었다."

"말도… 안… 돼……."

한설아는 너무 놀라 입을 열고 다물 줄을 몰랐다.

사람은 도저히 믿기지 않은 사실을 듣게 되면 얼이 빠진다.

막사검은 무림 역사상 가장 뛰어난 두 개의 보검 중 하나이다.

무엇이든 베어버리는 검.

주인이 위험에 처하면 스스로 운다는 명검 중의 명검으로 막사검을 가진 자는 천하를 제패한다는 전설까지 전해지고 있었다.

막사검의 제작은 칠황의 시대로 거슬러 올라간다.

오백 년 전 뛰어난 장인이던 간장은 제왕의 명을 받아 두 자루의 검을 만들었는데 그중 하나가 자신의 이름을 딴 간장검이고 다른 하나가 그의 부인 이름을 딴 막사검이었다.

간장검과 막사검이 나타난 것은 무림 역사상 단 일곱 번뿐이었다.

그때마다 무림은 피로 점철된 전쟁이 벌어졌고, 수많은 무인들이 보검을 차지하기 위해 피를 흘렸다.

그야말로 아비규환.

간장과 막사의 출현은 언제나 무림에 재앙을 불러왔는데 그때마다 천하에는 피가 흘러넘쳤다.

두 개의 보검이 완전하게 모습을 감춘 것은 백 년 전으로 알려져 있다.

전설에 따르면 그 당시 홀연히 나타나 수많은 무인의 피를 삼킨 간장과 막사는 어느 날 문득 황룡과 청룡으로 변해 하늘로 승천했다고 한다.

물론 사실이 아닐 것이다.

전설은 검이 용으로 변했다고 전했으나 사람들은 검의 행적이 너무나 완벽하게 숨겨졌기 때문에 생겨난 과장이라 믿었다.

그런 막사검이 나타났다고 하니 한설아가 기절할 듯 놀라는 것은 당연한 일이었다.

그러나 그녀는 곧 정신을 차리고 백건의 말에 귀를 기울였다.

백건의 이야기는 너무도 중요해서 하나도 빼놓을 수 없는 것이었다.

"사매, 절대 이 이야기는 누구에게라도 발설하면 안 된다. 막사검이 나타났다는 사실을 무림이 알게 되면 거대한 혼란에 빠져들기 때문이다. 약속할 수 있겠느냐?"

"세상에 어찌 그런 일이……."

"당문이 막사검을 어떻게 구했는지 모르나 그들은 엄청난 실수를 저지르고 말았다. 복수에 눈이 멀어 무리수를 둔 것 같은데 그들로 인해 무림 전체가 혼란에 빠질지도 모른다."

"혹시 막사검을 가져간 괴인들의 정체는 알아냈나요?"

"알아내지 못했다. 본산 병력의 반이 내려왔고 광원 근처의 속가를 모두 동원했으나 놈들의 행적은 연기처럼 사라지고 말았다."

"신비한 자들이에요. 막사검이 그들의 손에 들어갔으니 걱정이에요."

"다시 한 번 말하지만 이 사실은 너만 알고 있어야 한다. 절대 입 밖으로 꺼내면 안 된다."

"점창 사람들에게도 말하면 안 되나요?"

"당연한 말이다."

"그들은 저를 도와 표물을 찾으러 가는 사람들이에요. 그런 사람들마저 속이란 건가요?"

"어쩔 수 없다. 지금의 무림은 한 치 앞도 내다볼 수 없는 안개 정국이니 상황이 어찌 변할지 모른다. 조심, 또 조심해야 한다."

"…알겠어요."

"할 일이 너무 많아 나는 그만 일어나야겠다. 부디 몸조심하거라."

"사형도요. 그리고 아버지께 걱정하지 말라 전해주세요."

"그러마."

백건은 서둘러 일어나며 걱정스러운 눈으로 한설아를 보다가 급히 방을 빠져나갔다.

그런 그를 바라보는 한설아의 눈이 흔들렸다.

자신은 마검 일행을 따라 귀주로 떠나지만 방금 그녀와 이별한 백건은 피가 튀는 전쟁의 한복판에서 사문을 위해 목숨을 걸고 싸워야 한다.

짧은 이별이 되기를 바랐다.

귀주에서 돌아왔을 때 웃으며 마중하는 백건의 얼굴을 다시 보고 싶었다.

운호는 어두운 얼굴로 객잔에서 나오는 한설아를 바라보며 작게 한숨을 내리쉬었다.

그녀도 청성도 힘든 결정을 했으리라.

전쟁의 중심에 선 청성.

떠나는 사람도 떠나보내야 하는 사람도 서로를 걱정하며 아쉬운 이별을 했을 것이다.

그러나 한설아의 표정은 운호에게 다가올수록 언제 그랬냐는 듯 바뀌었다.

"이제 가요."

"어찌 되었소?"

"사문에서 허락이 떨어졌어요. 대신 마검 옆에 꼭 붙어 다니라더군요."

"그건 걱정 마시오. 내가 매듭을 만들어서 소저를 운호 옆구리에 매달아주겠소."

배시시 웃으며 한설아가 장난하듯 말하자 그걸 받아서 운상이 확실하게 대못을 박았다.

운상은 말뿐만 아니라 등에서 짐을 벗더니 뭔가를 주섬주섬 꺼냈다. 때문에 운호는 재빨리 발걸음을 옮겨야 했다.

그대로 있다가는 정말 한설아를 묶겠다고 덤빌지 모르기 때문이다.

사천의 광원에서 그들이 목적으로 하는 귀주로 가기 위해서는 평창, 달주를 통해 중경을 관통하고 정양으로 들어가는 것이 가장 빠른 길이다.

직선로로 따져도 이천 리가 넘는 길이니 아무리 빨라도 보름은 걸리는 거리였다.

서둘러야 되는 길이었으나 아직 한설아의 몸이 완쾌되지 않았기 때문에 일행은 빠르게 움직이지 못했다.

그녀는 시간이 지날수록 좋아지고 있었으나 아직까지 원활하게 신법을 펼칠 정도로 완쾌된 것은 아니었다.

그런 한설아를 배려해서 운상과 운여는 가는 길에 있는 도시마다 들러 충분한 휴식을 취했다. 그리고 여인들에게 필요한 물품들을 준비해 그녀가 불편하지 않도록 최선을 다했다.

외형적인 것들은 친구들이 준비했으나 소소한 것들은 운호의 몫이었다.

한설아는 불편한 것이 있거나 부탁하고 싶은 것이 있으면 언제나 운호를 찾았다. 떠날 때 말한 것처럼 그녀는 운호 곁에서 한시도 떨어지지 않으려 했는데 마치 오래된 연인과 같이 행동하고 있었다.

길고 긴 여정.

보름을 목표로 한 여행길은 이틀이나 더 길어져 귀주의 성도 귀양에 도착했을 때는 무려 십칠 일이 지난 후였다.

귀주는 여름엔 덥지 않고 겨울에는 춥지 않아 중원을 통틀어 가장 살기 좋은 기후를 가졌다. 풍부한 물산으로 인해 수많은 거상이 활발하게 움직이는 곳이기도 했다.

삼십팔무맥에 포함되는 강력한 문파 철혈문과 천검회가 귀주에 둥지를 튼 것은 그런 이유들이 있기 때문이었다.

백룡사는 귀주의 성도인 귀양(貴陽)에서 남쪽으로 삼십 리 떨어진 곳에 위치하고 있었다.

다시 말해 백룡사를 가기 위해서는 귀양을 경유해야 된다는 뜻이다.

운호 일행은 서로에게 의견도 묻지 않고 곧장 귀양 시내로 들어섰다.

험한 여행으로 인해 온몸은 온통 먼지투성이였고 머리카락과 피부조차 푸석푸석하게 변해 있었다. 객잔에 묵으면서 재정비하는 시간을 가져야 한다는 게 그들의 공통적인 생각이었다.

"저기 어때?"

"너무 고급스러운 곳 아니냐?"

운상이 가리킨 곳은 삼 층 누각으로 지어진 건물이었다. 대리석으로 깔린 정문계단과 양쪽에 서 있는 호랑이상이 조화를 이뤄 위압감을 줄 만큼 거대한 규모였다.

재정을 담당하는 운여가 슬며시 고개를 저은 것은 정문에서 손님을 맞아들이는 지배인을 확인하고 난 후였다.

저런 지배인을 두고 영업한다는 것은 엄청 비싼 집이라는 걸 알려주는 것이기에 운여는 지체 없이 반대했다. 일행은 귀주의 최대 번화가란 만경로를 따라 하염없이 걸어야 했다.

만경로에 있는 객잔들은 모두 초입에서 본 객잔과 거의 비슷한 규모를 자랑했기 때문에 쉽게 걸음을 멈추지 못했다.

귀양이 중원에서도 손꼽히는 부촌이라더니 객잔마저 입이 떡 벌어질 만큼의 규모를 자랑하고 있었다.

"야, 이러다 날 새겠다. 아무 데나 들어가자."

"외곽 쪽으로 가보는 게 어때? 아무래도 여긴 너무 비싸 보여."

"저기, 운여 소협, 돈 때문이라면 객잔 비용은 제가 낼게요. 청성 때문에 오셨으니 제가 내는 게 맞다고 생각해요."

"그럴 수는 없소."

"다리가 아파서 더 이상 걷기 힘들어요. 그러니 우리 그만 헤매고 저 객잔에 들어가서 쉬어요."

한설아는 고개를 흔드는 운여를 뒤로하고 먼저 휘적휘적 걸어 앞의 영통객잔으로 들어갔다.

말리고 자시고 할 새 없을 정도로 빠른 걸음이었다.

문제는 운상과 운호가 즉시 한설아의 뒤를 따라붙었다는 것이다.

놈들은 혹시나 운여가 잡기라도 할까 봐 서두르는 기색이 완연했다.

그들을 바라보는 운여의 얼굴에서 기가 막힌다는 표정이 떠올랐다. 당장 쓰러질 만큼 힘들고 배고팠기 때문에 충분히 놈들의 행동이 이해가 가지만 여자가 돈을 낸다면 겸양의 말이라도 해야 되는데 놈들은 그런 것에 대해서 전혀 아무런 생각조차 없는 모양이다.

객잔에 들어선 후 모든 절차는 한설아가 일사천리로 진행시켰기 때문에 운호 일당은 눈만 끔벅거리고 있어야 했다.

그들이 다시 움직이기 시작한 것은 지배인의 지시를 받은 점소이가 안내하겠다며 앞장서서 걸었을 때다.

한설아가 얻은 방은 모두 세 개였다.

당연히 그녀는 독방을 썼고 그 옆으로 운호의 방을 배치했다. 운상과 운여가 쓸 방은 그들로부터 한참 떨어져 있었다.

왠지 수상한 냄새가 나는 배치였다.

운상이 묘한 눈길로 한설아를 바라보며 항의했으나 그녀는 일부러 모르는 체 시선을 비켜냈다. 그는 헛기침만 한 채 맥없이 점소이를 따라 멀어져야 했다.

한설아의 입이 열린 것은 운상과 운여의 모습이 완전히 보이지 않았을 때다.

"부담스러워요?"

"뭐가 말이오?"

"내 옆방 말이에요."

"나는 괜찮은데 저놈들이 이상하게 생각할 것 같소."

"호호, 이해할 거예요. 우리 둘이 붙어 있으라고 한 건 운상 소협이잖아요."

"소저께서는 즐거운 모양이오."

"그럼요. 나는 공자와 함께하면 늘 즐거워요. 몰랐나요?"

"험, 이제 그만 들어가시오."

"먼저 씻고 같이 식사하러 가요."

객잔은 모두 욕간을 운영한다.

특히 만경로에 위치한 객잔은 모두 특급이었기 때문에 훌륭한 욕간 시설이 설치되어 있었다.

목욕을 마치고 나온 일행은 온몸에서 반짝반짝 윤이 났다.

특히 한설아와 운호는 봉황과 용으로 변해 있었다. 때문에 그들이 나타나자 객잔에 있던 사람들은 쳐다보느라 한동안 식사를 하지 못할 지경이었다.

운호 일행은 식탁에 앉아 늦은 저녁을 먹기 시작했다.

한설아는 작정을 했는지 모든 비용을 혼자 지불했다. 저녁 식사로 꽤 비싼 요리까지 시켜 운호 일행의 눈을 황홀하게 만들어주었다.

더군다나 두 병의 죽엽주까지 주문해 일행은 오랜만에 허리띠를 풀고 즐겁게 저녁 식사를 할 수 있었다.

한 잔, 또 한 잔.

아무리 무공의 고수라도 내공으로 주정을 막지 않으면 일반 사람처럼 술에 취하게 된다.

오랜만의 즐거운 자리였기 때문에 주정을 막지 않은 일행은 식사가 끝났을 때 모두 붉게 변해 있었다.

운상과 운여가 먼저 자신들의 방으로 사라지자 운호와 한설아 역시 방으로 돌아왔다.

둘의 방은 같은 위치에 있었기 때문에 다른 사람들이 한방을 쓰는 것으로 오해할 수 있었다.

운호의 입이 열린 것은 한설아의 방에 도착했을 때다.

"소저, 잘 자시오. 내일 아침에 봅시다."

"잠깐만 들어와요."

"왜 그러시오?"

"할 말이 있어요."

한설아는 운호를 빤히 쳐다본 후 곧장 자신의 방으로 먼저 들어갔다.

당연히 운호가 따라 들어올 거란 움직임이다.

한참을 망설이던 운호가 그녀를 따라 방으로 들어선 것은 취객들이 그가 서 있는 곳으로 다가오면서 이상한 눈으로 쳐다봤기 때문이다.

같은 방인데도 여자가 묵는 방과 남자가 묵는 방은 묘한 차이가 있다.

그녀의 방은 사람의 기분을 좋게 만드는 사향 냄새가 어딘가에서 흘러나오고 있었다.

운호는 방으로 들어와 움직이지 못했는데 그녀가 침상에서 기다리고 있었기 때문이다.

"뭐 해요. 이쪽으로 와요."

"소저, 그쪽으로 갈 수는 없소. 할 말이 뭔지만 듣고 나갈 테니 얼른 용건만 말하시오."

"겁나요?"

운호가 쉽게 다가오지 못하고 어쩔 줄 몰라 하자 취기로 인해 붉어진 얼굴을 한 한설아가 도발적으로 물었다.

그녀는 흔들리는 눈으로 운호의 얼굴에서 시선을 떼지 않고 있었다.

입에서 저절로 무거운 한숨이 흘러나왔다.

이런 만용을 부리는 걸 보면 한설아는 취한 게 분명했다.

잠시 동안 아무 말 없던 운호가 천천히 다가가 그녀의 옆에 앉았다.

무슨 말을 할지 모르나 이대로 나가 버리게 되면 그녀는 자존심에 커다란 상처를 입게 될 가능성이 컸다.

의방에서는 그녀를 수시로 안았지만 막상 침상에 같이 앉자 심장이 사정없이 두근거려 운호는 시선을 방문 쪽으로 고정시킨 채 그녀의 말을 기다렸다.

한설아가 은근한 목소리로 부른 것은 자신도 모르게 목구멍으로 침이 넘어갈 때였다.

"오라버니!"

"……."

"왜 대답 안 해요?"

"그게 날 부른 소리요?"

"그럼 여기에 또 누가 있나요?"

"갑자기 호칭을 바꾸니 놀라서 그렇소. 말하시오."

"앞으로는 오라버니라고 부를게요. 괜찮죠?"

"그게 편하다면 그렇게 하시오."

운호가 마지못해 허락하자 그녀의 얼굴이 활짝 펴졌다.

어렵게 한 말일 테니 거절하면 상처를 입게 될지 모른다는 생각에 허락했는데 그녀는 곧장 더 큰 요구를 해와 그를 곤혹스럽게 만들었다.

"오라버니는 저를 부를 때 설아라고 불러주세요."

"그리하면 운상이나 운여가 이상하게 생각할 거요."

"남들 눈이 그렇게 부담스러워요?"

"그런 게 아니라……."

운호가 말꼬리를 흐렸다.

아니라고는 했지만 부담스러운 건 사실이다.

이별의 아픔을 겪은 지 얼마나 되었다고 친구들 앞에서 희희낙락하는 모습을 보여줄 수 있단 말인가.

그런 가벼움은 자신과 어울리지 않았다.

한설아가 입을 연 것은 운호가 말을 미처 끝내지 않은 채 침묵을 지키고 있을 때였다.

그녀의 목소리는 어느새 차분하게 가라앉아 있었다.

"오라버니, 나 어떻게 생각해요?"

"무슨 말인지 잘 모르겠소."

"여자로서 어떠냐고 물은 거예요."

"소저는 내가 본 여자 중 가장 아름다운 사람이오."

"그게 단가요?"

"지금으로써는 그것이 내가 할 수 있는 최선의 대답이오."

"오라버니는 정말 거짓말을 할 줄 모르는군요. 운상 소협한테 들었어요. 당 소저와의 관계에 대해서."

"음……."

한설아의 입에서 당운영의 이야기가 나오자 운호는 자신도 모르게 억눌린 신음성을 흘리고 말았다.

숨길 내용도 아니지만 그렇다고 일부러 말하기도 싫었기 때문이다.

하지만 한설아는 운호의 반응과 상관없이 당운영의 이야기를 계속해 나갔다.

"아직 잊지 못한 거죠?"

"사람을 잊는 것은 쉬운 일이 아니오."

"그렇겠죠. 하지만 그분은 다른 사람과 혼인했으니 언젠가는 잊어야 될 사람이잖아요. 그렇지 않나요?"

"…그렇게 생각하오."

"그럼 내가 기다릴게요. 오라버니가 그분 다 잊을 때까지 기다릴게요."

"나는 고지식한 사람이라 꽤 많은 시간이 걸릴지도 모르오."

"괜찮아요. 지금까지 오라버니를 좋아하면서 아무 말 못했지만 이젠 그렇게 하지 않을래요. 난 오라버니가 좋아요. 그러니 오라버니도 날 좋아해 줘요."

"소저!"

"설아, 설아라고 불러주세요."

백룡사(白龍寺).

귀주의 남부에는 동서로 길게 횡단하듯 발달한 차령산맥이 위치했고, 사찰은 그 줄기 중의 하나인 용화산에 틀어박혀 있었다.

귀양으로부터 삼십 리 떨어진 용화산은 높이가 삼백 장에 달했는데 대부분 바위로 구성되어 멀리서 봐도 단박에 험산이란 걸 알 수 있었다.

백룡사가 위치한 것은 그런 험산 속에 드물게 수풀이 우거진 남쪽 사면 삼부능선 부근이었다.

사찰이 있을까 의심이 갈 정도로 험한 지형에 위태롭게 서 있는 사찰은 간당간당 언제 떨어질지 모르는 까치집을 연상시켰다.

험한 지형 탓인지 건물은 대웅전을 포함해서 다섯 동에 지나지 않았고 향화객도 거의 찾아볼 수 없어 접근하기 무척 어려웠다.

접근로는 오직 하나뿐.

혈번에게 얻은 정보대로 누군가가 경계를 서고 있다면 대낮에 침투한다는 건 불가능할 만큼 어디 하나 숨을 곳 없이 완벽하게 노출된 길이었다.

그랬기에 운호 일행은 밤을 이용해서 산비탈에 몸을 은닉한 채 사찰의 불빛을 바라보며 난감한 표정을 짓고 있었다.

"어쩌지?"

"뭘 어째, 혈번의 말이 맞는지 확인해 봐야 되잖아."

"확인되면?"

운여의 되물음에 거침없이 대답하던 운상이 꿀 먹은 벙어리처럼 입을 다물었다.

막상 의문을 제기하자 할 말이 없었기 때문이다.

만약 혈번의 말처럼 백룡사에 마두들이 있다 해도 무조건 공격할 일이 아니었다.

지금 그들이 백룡사에 온 가장 큰 목적은 신비인들의 행적을 추적하고 표물을 되찾는 것이니 아무 생각 없이 움직였다가는 성과 없이 벌집만 쑤셔놓을 가능성이 컸다.

턱을 괴고 있던 운호가 슬며시 입을 연 것은 모두가 고민에 빠져들었을 때다.

"일단 가보자. 가서 확인한 후 생각하는 게 좋을 것 같아. 보지 않으면 아무것도 할 수 없잖아."

"그러다 걸리면?"

"안 걸려야지. 그러니까 너희 둘이 다녀와. 나는 여기서 한 소저와 같이 있을 테니까."

"한 소저는 완쾌되지 않아서 위험할 테니 그러는 게 좋겠다."

운상은 즉시 맞장구를 쳤다.

한설아는 여기까지 오면서 끊임없는 운공요상을 통해 거의 완쾌된 상태였고, 정상적인 신법 구사에도 무리가 없었는데 운상은 당연하다는 듯 그녀를 배제하려 했다.

재밌는 것은 한설아 역시 운호와 둘이 남게 된 결정에 아무런 반박도 하지 않는다는 것이다.

운호는 친구들만 보내는 것이 불안한지 표정이 밝지 않았다.

"조심해. 놈들, 정말 무섭다. 상황 봐서 위험하다 싶으면 싸우지 말고 즉시 돌아와."

"알았어. 걱정 마라."

대답을 마친 운상과 운여가 비탈면에서 일어나 유일하게 뻗어 있는 산길을 향해 몸을 날렸다.

그들의 몸은 마치 환영처럼 보였는데 최대의 내력으로 유운신법을 펼치면서 나타난 현상이다.

그들 역시 이 일이 얼마나 중요한지 잘 알고 있었다.

여기서 단서를 놓치게 되면 그야말로 끝장이기 때문에 운상과 운여는 극도로 조심하며 움직이기 시작했다.

7장

천검회

운상은 사찰이 가까워 오자 최대한의 은폐와 엄폐를 통해 천천히 접근했다.

운여는 외길이 끝나는 곳에서 반대쪽으로 사라져 지금은 혼자 담을 넘고 있었다.

얼마나 오래되었는지 슬쩍 건들기만 해도 담이 부서져 내렸다. 때문에 운상은 아예 신법을 펼쳐 통으로 건너뛴 후 급히 어둠 속으로 몸을 숨겼다.

백룡사는 대웅전을 비롯해서 몇 개의 전각에 불이 켜져 있었지만 스님의 불경 소리는 들리지 않았다.

확실히 뭔가 이상한 사찰이다.

스님이 사는 사찰에 스님이 보이지 않는 다는 건 거주하던 스님들에게 무슨 변고가 생겼다는 뜻이다.

내력을 운용해서 기척을 살피자 다섯 개의 낮은 숨소리가 들려왔다.

숨소리는 모두 선방 쪽에서 들려왔는데, 셋은 한 방에 있고 나머지는 하나씩 나뉘어 있었다.

기세를 틀어막고 천천히 접근해서 한 명씩 들어 있는 방을 확인했다.

운여가 셋이 들어 있는 방의 지붕에서 머리를 박고 있는 것이 보였기 때문이다.

좌측 선방으로 다가가 오감을 펼치자 고른 숨소리가 들려왔다.

잠이 들었을 때 나타나는 숨소리다.

그랬기에 운상은 두 번째 선방으로 움직여 기척을 살폈다.

숨을 멈추고 검을 슬그머니 부여잡으며 천천히 물러났다.

방 안에서 새어 나오는 기파가 너무 강했기 때문이다.

선방에는 한 명만이 들어 있었는데 그자는 무슨 이유 때문인지 난폭한 기세를 풀어놓고 있었다.

절정 무인에게서만 흘러나오는 기세.

누군지 정체를 알 수 없으나 대단한 무력을 가진 자임이 분명했고, 정제되지 않은 난폭한 기세는 그가 사찰과는 어울리지 않을 만큼 흉악한 자라는 걸 단적으로 알려주는 것이다.

한 놈은 잠들었고 또 다른 한 놈은 홀로 방에 틀어박혀 독을 뿜어내고 있으니 정보를 취득하기에는 한계가 있어 운상은 천천히 담장 쪽으로 물러났다.

이젠 이곳의 정보는 운여에게 달렸다.

세 놈이 모인 방에서는 두런두런 말소리가 들렸기 때문에 괜찮은 정보가 새어 나올 가능성이 컸다.

운호는 친구들이 사라진 곳을 향해 한참 동안 바라보다가 천천히 고개를 돌려 한설아를 바라봤다.

그녀의 시선이 계속 자신에게 향하고 있다는 것을 느꼈기 때문이다.

"왜 그러시오?"

"그냥요. 어두운 데서 보니까 오라버니 얼굴 윤곽이 훨씬 선명하게 보여서요."

"소저 역시 그렇소."

"설아라고 부르라니까요. 한번 해봐요. 설아라고."

"그게… 아직은……."

"여긴 우리 둘뿐이잖아요. 그러니까 해봐요!"

"…설아."

"호호, 듣기 좋아요. 거봐요. 불러보니까 편하고 좋죠?"

"그럼 우리 둘이 있을 때만 그렇게 부르겠소. 아무래도 친구들 앞에서는 그러니까. 이해해 주시오."

"알았어요."

오늘따라 별이 참 많았다.

수많은 별이 박혀 있는 하늘은 밝게 뜬 달과 어울려 한 폭의 그림처럼 보였다.

두 사람은 하늘을 보며 소곤소곤 서로의 이야기를 했다.

어떻게 자라왔는지, 어떤 음식을 좋아하는지, 성격은 어떤지 등 그동안 같이 있으면서도 하지 못한 이야기들이 밤하늘의 별과 함께 서로에게 소중히 기억되어 저장되었다.

운상과 운여가 떠난 지 벌써 반 시진이 지났지만 그들은 돌아올 기미가 보이지 않았다.

한설아가 슬며시 운호의 어깨에 머리를 기대어온 것은 이름 모를 새의 울음소리가 시작되었을 때다.

그녀의 갑작스러운 행동에 운호의 몸은 순식간에 굳었다.

절대고수의 경지에 들어선 그였으나 그녀의 기습은 도저히 피할 수 없는 것이었다.

"가만히 있으니까 추워져요. 안아줘요."

처음에는 어깨였으나 그녀의 머리는 슬그머니 미끄러져 가슴으로 파고들었다.

막으려야 막을 수 없는 행동이었기에 운호는 놀란 눈으로 그녀의 향긋한 냄새를 맡으며 꼼짝하지 못했다.

"난 아팠을 때가 더 좋았던 것 같아요. 그때는 오라버니가 밥도 먹여주고 자주 안아주기도 해서 행복했어요."

"그땐 어쩔 수 없었기 때문에……."

"나 이렇게 있으니까 불편해요. 그냥 안아주면 안 돼요?"

대답을 하지는 않았다.

대신 늘어뜨리고 있던 팔을 들어 올려 자신을 빤히 바라보는 그녀를 상체를 감쌌다.

달빛에 비친 그녀의 눈이 하늘에 떠 있는 별처럼 반짝이며 빛나고 있다.

그녀의 말대로 십 일이 넘도록 수시로 그녀를 안았기 때문에 어색하지는 않았다.

안긴 그녀도 안은 그도.

그저 안고 있기만 했는데도 좋았다.

그녀의 따스함이 좋았고, 그녀에게서 나오는 향기로운 냄새도 좋았다.

상처 입은 그녀를 안았을 때와는 다른 기분이고 다른 느낌이었다.

너무 좋으면 시간이 어떻게 가는지 알 수 없다고 하는데 운호가 그랬다.

그녀를 안고 소곤거리며 이야기한 시간이 마치 멈춘 것처럼 느껴졌기에 그는 친구들이 돌아오고 있다는 것을 뒤늦게 알아챘다.

운호가 그녀를 슬며시 밀어내자마자 운상이 먼저 떨어져 내렸고, 그 뒤를 따라 운여가 모습을 드러냈다.

"어째 분위기가 수상하다?"

"수상은 무슨."

"아냐. 뭔가 있어."

운상이 눈을 오므리고 두 사람을 살폈다.

두 사람이 떨어진 것은 그들이 오기 전이었는데, 운상은 이상한 기운을 느낀 모양이다.

아마도 그것은 좋아하는 사람들에게서만 나타난다는 사랑의 기운 때문임이 분명했다.

그러나 그들 모두는 그것의 정체를 몰랐기에 운호는 시치미를 뗐고, 운상은 고개를 갸웃거리기만 했다.

"갔던 일은 어떻게 됐어?"

"백룡사에는 스님들이 없었다. 대신 다섯 놈이 있었는데, 혈번의 말처럼 사파 쪽 놈들인 것 같았어."

"그자들은?"

"신비인들은 없었지만 곧 꼬리를 잡을 수 있을 거야. 놈들의 대화를 들어보니 그놈들을 인수하러 내일 천에서 누군가가 온다고 했다."

"그래? 잘됐구나."

"운이 좋았어. 놈들은 백룡사에 온 지 벌써 사 일이나 지났단다. 일정 기간 동안 모아서 데리고 나가는 모양이야. 우리가 조금만 늦었다면 한없이 기다릴 뻔했다."

"거기 있는 놈 정체는 알아내지 못했어?"

"전부 문을 닫고 있어서 보지 못했다. 한데 그중 한 놈은 다른 자들과 다르게 엄청 강해 보였다."

"얼마나?"

"소름이 돋을 정도였으니 절정은 뛰어넘은 자야."

"도대체 이놈들 무슨 짓을 하는 걸까?"

"그나저나 여기서 밤을 새워야겠지?"

"어쩔 수 없잖아."

운호가 한설아를 잠깐 바라본 후 얼굴을 찡그렸다.

내일이나 되어야 놈들을 만날 수 있다면 노숙을 해야 한다는 뜻인데, 여자의 몸으로는 엄청난 불편이 따르기 때문이다.

주변에는 인가가 없기 때문에 노숙을 피하기 위해서는 다시 귀양으로 나가는 수밖에 없다.

그러나 그리 되면 놈들을 놓칠 수도 있었다.

만약 놓친다면 언제 다시 놈들을 만날지 기약할 수 없으니 한설아는 꼼짝없이 노숙을 해야 할 판이었다.

적색 전포의 사내들이 나타난 것은 그다음 날 오시 무렵이었다.

간밤의 이슬로 젖었던 옷이 체온으로 말라갈 때 나타난 그들은 백룡사에 오래 머물지 않고 곧장 다섯 사내를 대동한 채 용화산 기슭을 기쾌하게 빠져나왔다.

다섯 사내의 용모는 음습하고 유별났는데 모두 중년인이

었다.

운상이 말한 절정무인은 가장 끝에 마땅치 않은 얼굴을 하고 있는 흑의 무복을 입은 마른 사내임이 분명했다.

그는 기세를 조절하지 않고 있었는데 아마도 이 상황에 대한 불만이 그를 그렇게 만드는 것 같았다.

운호 일행은 둘씩 나눠어 추적했다.

지금은 속도를 올리지 않고 있었으나 어느 순간 바람처럼 사라질지 모르기 때문에 운호는 친구들로 한 조를 만들어 좌측에서 따르게 하고 자신은 한설아와 함께 우측에서 움직여 나갔다.

용화산을 빠져나온 그들은 끝없이 남서쪽으로 움직여 나갔다.

잠시도 쉬지 않는 강행군.

거의 반나절 동안 끊임없이 움직이던 그들에게서 한 명의 적색전포 사내가 떨어져 나온 것은 도균(都勻)에 도착하고 난 후였다.

도균은 귀주 오대도시에 속할 만큼 커다란 도시로 인구가 이십만을 헤아렸다.

도균에 들어와 자연스럽게 합류한 운호 일행은 적색전포 사내의 움직임에 따라 또다시 분류됐다.

"난 저놈을 따라갈 테니 너희는 저쪽을 맡아. 일이 끝나면 저기 보이는 풍월루에서 만난다."

놈이 신형을 날리는 걸 확인한 운호가 급하게 말을 끝내고 한설아의 손을 잡았다.

워낙 급한 상황이라 친구들의 눈도 무섭지 않았던 모양이다.

적색전포 사내는 일행과 떨어져 나와 도균을 지나 계속해서 남서진을 했다.

그러나 그의 목적지는 그리 오래 걸리지 않았다.

성처럼 펼쳐진 고루거각의 향연.

그렇게밖에 표현할 수 없을 만큼 대단한 전각들이 기묘한 방위를 형성한 채 줄지어 서 있었다. 그게 몇 챈지 셀 수 없을 정도로 많았다.

적색전포 사내는 거대한 전각 사이를 지나 거침없이 신형을 날렸지만 운호는 그를 따르지 못하고 한설아의 손을 잡은 채 움직이지 않았다.

전각들을 지키고 있는 강렬한 기세의 무인들이 사방을 주시하며 물 샐 틈 없는 경계를 서고 있었기 때문이다.

"음……!"

운호의 입에서 억눌린 신음성이 흘러나왔다.

전각들의 중심에 자리 잡은 장원의 거대한 현판은 이곳이 신주십강 중의 하나인 천검회라는 걸 알려주고 있었기 때문이다.

신주십강.

천하 삼십팔무맥 중에서도 가장 강하다는 열 개의 세력을 세인들은 신주십강이라고 불렀다.

각 성에 분포한 세력 중에서도 가장 강력한 무력을 지닌 자들.

신주십강에는 기본적으로 무림백대고수에 속하는 절대고수들이 세 명 이상 포진했고, 기라성 같은 절정무인도 대거 포진해서 다른 세력에 비해 월등히 강력한 무력을 지닌 것으로 알려져 있다.

천검회(天劍會).

그중 천검회는 검귀들이 사는 곳으로 유명한 귀주의 패자였다.

천검회가 귀주에 나타나 세력을 확장하기 시작한 것은 삼십 년 전의 일이다.

그때까지 귀주는 철혈문이 패권을 차지하고 있었으나 천검회는 불과 삼 년 만에 철혈문을 북부로 밀어내고 성도인 귀양을 비롯해서 삼대도시를 완전 장악하는 최대 세력으로 부상했다.

회주는 십제의 일인으로 불리는 화검제 육철승이었고, 그 밑으로 무림백대고수에 당당히 이름을 올리고 있는 두 명의 절대고수 파우신검 단극, 패천일도 성사일이 뒤를 받치며 세력을 이끌고 있었다.

삼전 팔당으로 구성되어 있는 전투부대는 중원 어느 문파의 정예들과 싸워도 밀리지 않을 만큼 강력할 뿐만 아니라 외부로 나타난 것만 헤아려도 삼화, 오룡, 칠수, 구혈객, 십이도, 십팔영, 이십삼객, 삼십이파 등 전천후 특수타격대를 보유하고 있어 무시무시한 전력을 자랑했다.

하지만 천검회의 진정한 무서움은 삼노, 오륜, 칠현, 섬전도, 선풍검 등 자유롭게 움직이는 극강의 무인들이 대거 포함되어 있다는 데 있었다.

그들은 일정 조직에 소속되지 않은 채 일이 있을 때마다 개별적으로 움직였는데 그 숫자가 삼십에 달하는 것으로 알려져 있다.

그것만이 아니었다.

세인들은 천검회가 세상에 내놓지 않은 채 숨겨놓은 비밀병기들이 별도로 있을 것이란 생각하고 있었다.

노출되지 않았을 뿐 천검회 정도의 문파라면 충분히 그럴 수 있다는 게 천하인의 공통적인 생각이었다.

운호는 손짓으로 한설아를 뒤로 물러나게 만든 후 자신도 천천히 움직여 천검회에서 멀어지기 시작했다.

섣불리 움직였다가 발각이라도 되면 일이 걷잡을 수 없을 정도로 커진다는 걸 너무나 잘 알기 때문이다.

천검회는 절대 쉽사리 건드릴 수 있는 자들이 아니었다.

운호와 한설아는 그길로 도균으로 돌아가 친구들과 만나기로 한 풍월루로 들어갔다.

풍월루는 귀양의 객잔만큼 거대하지는 않았지만 제법 깔끔하게 단장되어 있고 손님도 꽤 많은 편이었다.

아직 운상과 운여는 도착하지 않았기 때문에 운호는 구석자리에 자리를 잡고 음식을 시켰다.

심각한 표정을 짓고 있던 한설아가 입을 뗀 것은 점소이가 주문을 받고 돌아간 후였다.

"천검회가 관련되어 있다니 정말 믿어지지 않아요."

"나도 그렇소. 일이 점점 커지는구려."

"오라버니, 어쩌실 생각이죠?"

"일단 친구들을 기다려야 할 것 같소. 그들이 다른 정보를 가져올 테니 종합해 봐야 앞으로 어떻게 움직일지 결정할 수 있을 거요."

"표물을 가져간 게 천검회일까요?"

"지금 정황으로 봐서는 혈번의 얘기가 틀리지 않으니 일단 의심하는 게 맞소. 하나 증거를 잡지 못하면 아무런 행동도 취할 수 없을 뿐만 아니라 증거를 잡는다 해도 추궁하지는 못할 것 같소."

"그럼 어떡하죠?"

"은밀히 따르면서 기회를 봐야 하오. 천검회가 신비인들과 어떤 관계인지를 먼저 알아내야만 표물의 행방을 추적할 수 있소."

"어려운 일이 될 것 같아요."

"나도 그렇게 생각하오."

대답을 하는 운호의 얼굴이 어두워졌다.

점점 일이 이상한 쪽으로 흐르고 있었다.

사문의 명을 받고 사파의 무리를 척결하는 탕마행에 나섰으나 나선 지 두 달 만에 거대한 벽에 부딪치고 말았다.

한설아를 도와 표물을 찾으려 한 건 청성을 도와준다는 의도도 있었지만 명부에 적힌 사마외도의 무리를 손쉽게 잡을 수 있을지 모른다는 기대감이 더 컸기 때문이다.

그런데 천검회라니.

겨우 잡은 꼬리가 천검회를 향해 들어가자 운호는 앞이 보이지 않는 암담함을 느낄 수밖에 없었다.

만약 여기서 천검회와 분쟁이 생기게 된다면 자칫 사문인 점창에까지 불똥이 튈 수도 있었다.

칠절문과의 전쟁에서 얻은 상처를 이제 간신히 치유하기 시작한 점창에게 천검회는 너무나 부담스러운 상대였다.

말문을 닫은 채 운호가 곰곰이 생각에 잠기자 한설아도 똑같이 시선을 식탁에 고정시킨 채 입을 열지 않았다.

그런 침묵이 깨진 것은 점소이가 소면과 만두를 들고 와 식탁에 놓았을 때였다. 마침 운상과 운여가 객잔으로 들어서는 것이 보였다.

손을 들자 좌에서 우로 시선을 돌리던 친구들이 빠르게 다가왔다. 운호는 돌아서는 점소이에게 추가로 음식을 시킨 후 자리에 앉는 그들에게 시선을 던졌다.

"어디였어?"

"광릉."

광릉은 수십 개에 달하는 고대제왕의 무덤이 있는 곳이다. 제왕의 무덤이 있다는 것은 사당이 있다는 뜻이고, 그 주변으로 촌락이 형성된 곳이라는 걸 의미했기에 운호는 검미를 찡그렸다.

외딴 장소가 아니라 사람들 틈에 끼어 있다면 감시하기가 쉽지 않다.

"놈들은 광릉 미현문으로 들어갔는데 다른 놈들도 있었다."

"먼저 온 놈들이 있었다는 거야?"

"네 명의 백발검객."

"구유사귀!"

"맞아, 우리 명부에 있는 놈들. 그리고 둘이 더 있었는데 누군지는 모르겠더라."

구유사귀는 운호의 가슴속 명부에 들어 있는 자들이다.

사실 겉모습만 봐서는 누군지 쉽게 알 수 없었지만 몇몇은 특색 있는 외모로 금방 알아볼 수 있었다. 그중 하나가 구유사귀였다.

호남을 주 무대로 활동하는 살인마들로서 넷이 합공하면 절정무인도 픽픽 나가떨어질 만큼 강한 무력을 가졌고 언제나 백발을 휘날리며 사람을 죽인다 해서 지옥의 귀신 구유사귀라 불렸다.

아직까지 정체는 알 수 없지만 백룡사에서 나온 자들 중 칼 같은 기세를 뿜어내고 있던 자 역시 분명 명부에 있는 자일 것이다.

추적을 하면서도 그의 기세가 너무나 대단해서 거리를 한참이나 떨어뜨려야 할 정도였으니 분명 구유사귀보다 더 지독한 자일 터였다.

모두 합해 열하나.

단순한 숫자는 의미가 없지만 흑의무복 사내나 구유사귀가 천검회에 의해 조정된다는 것은 그 이면에 엄청 복잡한 일들이 숨어 있다는 뜻이다.

"너는?"

"놈은 천검회로 들어갔다."

"뭐라고?"

운호의 말에 운상과 운여가 너무 놀랐는지 고함을 질렀다.

그런 친구들을 급히 수습한 운호의 눈이 가늘어졌다.

최대한 목소리를 낮추고 아무렇지 않은 듯 행동하며 운호는 말을 이어나갔다.

"아무래도 놈들은 천검회와 연관되어 있는 것 같아."

"그렇다면 표물도 그자들 짓이라는 거잖아."

"그럴 가능성이 커."

"미치겠네."

"어쩔 테냐? 여기서 더 진행되면 분명 천검회의 시선에 걸려들 거다. 그리 되면 상황이 무척 복잡해지지. 천검회가 진짜 흉수라면 당연히 표물은 회수하지 못할 거다. 정말 천검회 수중에 떨어졌다면 표물이 천하를 살 수 있는 보물이라도 찾긴 어려울 거야."

"답답하군."

"우리가 할 수 있는 것은 둘 중 하나다. 첫째는 깨끗이 포기한 후 귀주를 벗어나는 것이고, 둘째는 광릉에 있는 놈들을 따라다니며 놈들의 목적이 뭔지 알아보는 거다."

운호가 제안하자 운상과 운여의 표정이 떫은 감을 씹은 것처럼 변했다.

두 가지 안 모두 마음에 들지 않았기 때문이다.

그냥 가자니 억울하고 놈들을 추적하자니 천검회에 대한 부담이 크다.

만약 충돌이라도 벌어지게 되면 돌아올 수 없는 다리를 건너는 것과 다름없게 된다.

그렇다고 다른 안이 있는 것도 아니다.

아무리 생각해도 운호가 제시한 두 가지가 그들이 할 수 있는 행동의 전부였다.

그랬기에 두 사람은 쉽게 대답하지 못하고 그저 운호만 쳐다볼 뿐이었다.

결국 다시 입을 연 사람은 운호였다.

"너희가 오기 전에 심사숙고해 봤는데 난 놈들을 추적하는 게 맞는다고 생각한다."

"이유는?"

"천검회가 관여되어 있다 해도 내 가슴에 명부가 들어 있다는 사실이 변하지 않기 때문이다. 명부에 있는 자들, 그자들을 잡는 것이 사문에서 우리에게 내린 명인데 어찌 그냥 돌아간단 말이냐."

"맞는 말이긴 한데 너무 부담이 커. 그러니까 망설여지는구나."

"머뭇거릴 시간이 없다. 천검회는 그대로 있겠지만 놈들은 움직일 가능성이 크다. 바로 광릉으로 가지 않으면 놓칠 수도 있어."

"애초에 널 따라오는 게 아니었어. 이상하게 너만 따라다니면 피 볼 일이 생긴단 말이야."

"그러게 말이다. 네 말을 안 믿었는데 이젠 확실히 믿어야겠다. 어쩔 수 없지. 얼른 밥 먹고 일어서자고."

운호가 마지막 말을 하는 순간 일행의 행동은 결정된 것이나 다름없었다.

그 길이 아무리 위험한 길이라 해도 그들은 두려움을 모르고 커온 점창의 풍운대였으니 운호의 제안을 거부한다는 건 말도 안 되는 일이었다.

그러면서도 운상이 먼저 엄살을 부렸고, 뒤이어 운여가 맞장구를 쳤다.

이 와중에도 그들은 이 상황에 대해 농담하는 걸 잊지 않았다.

운호 일행은 식사를 하고 곧장 광릉으로 향했다.

미현문은 광릉 중앙을 가로막듯 선 대문인데, 그 안으로 들어서면 사당과 능이 줄지어 나타난다. 마을과 광릉의 경계를 나타내는 문으로 이승과 저승을 이어주는 문이라 불린다.

천검회가 관여되어 있다는 것을 안 순간 일행이 가장 먼저 한 것은 옷을 갈아입는 일이었다.

운호 일행은 점창의 상징과도 같은 흑색 전도복을 벗었고 한설아도 간편한 경장으로 바꿔 입었다.

만일의 사태를 대비하기 위함이다.

이번에도 둘씩 갈라졌다.

은밀하게 감시하고 추적하기 위해서는 적의 이목에서 조금이라도 더 벗어나는 것이 중요하기 때문이다.

운상과 운여는 미현문을 통해 광릉으로 들어갔으나 운호와 한설아는 광릉이 한눈에 보이는 근처 야산에 올라 전체를 관망했다.

원, 근을 한꺼번에 감시함으로써 행적을 놓치는 실수를 범하지 않기 위함이다.

그러나 그 효과는 그리 크지 않았다.

마을 쪽은 사람들의 움직임이 보였으나 광릉 쪽은 아무런 움직임이 없었다.

놈들이 마을 사람들과 섞이는 것을 우려했으나 마을과 광릉은 완벽하게 다른 세상이었다.

멀리서 보니 마치 그림처럼 보일 정도로 광릉은 고요함 그 자체였다.

한동안은 긴장감에 젖어 침묵 속에서 광릉을 주시했으나 시간이 지나자 점점 긴장이 누그러들었다.

언제 움직일지 모르는 자들을 지켜본다는 건 거의 고문이나 다름없는 짓이었기에 운호와 한설아는 한 시진이 지나자 슬금슬금 이야기를 시작했다.

그리고 그때부터 그들의 이야기는 끊임없이 이어졌다.

어차피 놈들이 움직이지 않는다면 여기서 그들이 할 수 있는 것은 서로에 대한 궁금증을 묻는 것뿐이었다.

운상이 그들 쪽으로 기쾌하게 날아온 것은 어둠이 몰려와 사람의 얼굴이 흐릿해졌을 때다.

"왜 왔어?"

"이 새끼들, 사당에 모여서 꼼짝도 안 해. 그 마른 놈 때문에 가까이 가지도 못하고 지켜봤는데 아무래도 오늘은 이동하지 않을 모양이다. 한 소저를 빼고 너와 나, 운여까지 셋이 돌아가면서 감시하는 게 어때?"

"놈들이 움직이면?"

"그사이에 두 놈 더 늘었더라. 아무래도 여기는 놈들을 집합시키는 장소 같아. 인원수가 차면 조만간 어딘가로 이동할 것 같으니 그때 맡은 사람이 목적지까지 따라갔다 오는 걸로 하자고."

"다른 사람은 객잔에 머물면서 기다리자는 거냐? 좋은 방법이다. 어차피 싸우지 않을 바에는 전부 몰려다닐 필요 없겠지. 운여한테는 말하고 왔어?"

"다시 돌아오지 않으면 그렇게 하는 걸로 알라고 했다."

"교대는?"

"두 시진."

운호는 검을 챙겨 객잔을 나섰다.

지난 이틀 동안 돌아가며 감시했으나 변한 것은 정체불명의 다섯 놈이 더 들어왔다는 것 외엔 변한 것이 없었다.

지루한 시간은 지속해서 지나갔고, 괴로운 교대 시간은 여지없이 찾아왔다.

두 시진마다 교대하기로 했기 때문에 운호가 객잔을 나선 것은 여명이 희미하게 밝아오기 시작했을 때다.

신법을 펼쳐 광릉으로 향했다.

일어나기 싫었으나 막상 나와 신법을 펼치자 시원한 새벽 공기가 얼굴을 스치며 기분을 상쾌하게 만들어주었다.

은닉한 곳에 도착하자 운상이 귀신같이 나타났다.

"왔냐?"

"수고했다. 가서 쉬어라."

"이게 뭔 짓인지 모르겠네. 생각 같아서는 저 새끼들 한꺼번에 모아서 박살 내고 싶은데 그러지도 못하니 답답해 미칠 지경이다."

"크크, 가서 실컷 잠이나 자."

"당연하지. 고생해라. 난 간다."

밤을 꼬박 새웠으니 힘들었을 것이다.

운상이 더 이상 말을 잇지 않고 몸을 날려 시야에서 사라져 버린 것은 그야말로 눈 깜짝할 사이였다.

사당의 숫자는 열셋.

놈들이 들어 있는 것은 그중 다섯이었는데 지금은 잠이 들었는지 쥐 죽은 듯 조용했다.

자리를 깔고 은닉한 채 최대한 편하게 몸을 기댔다.

새벽인 지금은 상황이 변동될 가능성은 거의 없다는 판단에 운호는 기감을 열어놓은 채 눈을 감았다.

가면 상태에 들어간다 해도 놈들이 움직인다면 즉각 반응할 수 있기 때문이다.

운호가 눈을 뜬 것은 그로부터 한 시진 후였다.

멀리서 들려오는 발자국 소리.

그토록 바라던 상황 변화였고, 그 변화는 청색 전포를 입은 다섯 명의 검객으로부터 생겨난 것이었다.

서늘한 기운.

그들 중앙에 선 자로부터 생성된 기세다.

한마디로 고수란 뜻인데, 이 정도 기세라면 사당에 들어 있던 마른 체구의 사내와 비교해도 전혀 밀리지 않는다.

절정을 훨씬 넘어선 자란 뜻이다.

검객들의 행동은 일사불란하고 신속해서 열일곱의 사내가 광장으로 나온 것은 불과 반각도 지나지 않아서였다.

사파무인들이 광장으로 나온 것과 동시에 청색전포검객들은 조금의 망설임도 없이 신형을 날리기 시작했다. 미리 언질이 있었던 모양인지 행동에 거침이 없었다.

검객들이 먼저 신형을 날리자 사파무인들은 지체 없이 그들을 따라 신법을 펼쳐 광릉을 벗어났다.

그 모습이 마치 어미를 따르는 기러기 떼 같았다.

운호가 은신처에서 빠져나온 것은 그들의 모습이 보이지 않았을 때다.

아무리 빠른 신법을 가진 자들이라 해도 추적하는 건 어려운 일이 아니었다. 운호는 그들의 희미한 흔적을 따라 여유 있게 움직여 나갔다.

어디로 갈지 알 수 없었지만 그들의 목적지는 이제 손바닥 위에 놓인 거나 다름없었다.

이십여 명의 사내가 한떼가 되어 쾌속하게 움직이는 건 그 자체만으로도 기경이라 할 수 있었다.

그들은 한 사람의 낙오자도 없이 거의 두 시진을 달렸는데 방향은 북서쪽이었다.

인적이 끊긴 지는 오래였고 주변은 온통 산이다.

놈들은 미로처럼 펼쳐진 산자락을 계속해서 타고 넘은 후 한참을 더 달려 기암괴석이 줄줄이 이어진 괴산을 오르기 시작했다.

악산이자 험산이다.

수직으로 보이는 절벽이 곳곳에 자리해 수많은 사람이 헛되이 목숨을 잃었을 거란 추측이 들 정도로 험악한 산이었다.

운호는 산비탈에 도착한 후 더 이상 움직이지 않았다.

워낙 험산이라 조금이라도 의심을 가지고 후방을 경계한다면 아무리 운호라도 발각될 위험이 컸다.

추적자에게 불리한 지형이었지만 그렇다고 나쁜 점만 있는 것은 아니었다.

놈들 역시 지형 특성상 빠져나갈 틈이 없으니 놓치지 않을 자신이 있었다.

운호가 다시 움직인 것은 일각이 지난 후였다.

이전과는 다르게 전력을 다해 신법을 펼쳤다.

은폐가 불가능한 지형이라면 차라리 전력으로 움직여 빠른 시간 내에 이동하는 것이 가장 좋은 방법이기 때문이다.

정상에 도착한 운호의 눈이 부릅떠졌다.

'어떻게 이런 일이……?'

오르는 길은 분명 악산이었지만 정상에 도착하자 엄청난 규모의 분지가 나타났다.

그 분지에는 대규모 막사가 설치되어 있었는데 추적해 온 자들은 어디론가 사라졌고 대신 오십에 달하는 청색전포무인이 분지를 지키는 게 보였다.

병력의 집결이다.

막사에 가려 보이지 않고 있으나 분지에는 상당수의 무인이 모여 있을 거란 판단이 들었다.

더군다나 탁한 기운이다.

분지에서 흘러나오는 기운은 어둡고 칙칙했으며 진득했다.

모인 자들이 사마외도에 속한 자란 뜻이다.

도대체 뭘까?

천검회는 무슨 이유로 사마외도의 무리를 이렇게 모아놓았는지에 대해 생각하던 운호의 눈이 분지 외곽을 훑어나갔다.

마음만 먹으면 언제든지 도주할 수 있는 지형으로 보였다.

청색전포무인들의 무공이 강하다고는 하나 막사에 들어

있는 자들이 떠나겠다고 마음만 먹는다면 절대 막을 수 없는 지형이다.

하긴 지형뿐만이 아니다.

여기로 오던 흑의사내나 구유사귀 같은 고수들이 막사에 더 들어 있다면 청색전포무인들은 무력으로도 그들을 막지 못할 것이다.

그렇다면 이런 사실로 아주 단순한 몇 가지 결론을 이끌어 낼 수 있었다.

첫째, 사마외도 무인들은 자발적으로 오지 않았지만 탈출할 생각도 없다는 뜻이다.

흉포한 기운을 뿜어내던 흑의사내와 구유사귀는 여기까지 오는 동안 한마디로 꺼내지 않았고, 오직 분노의 눈으로 청색전포무인들을 잡아먹을 듯 노려보았다.

그것은 그들이 자발적으로 오지 않았다는 것을 단적으로 알려주는 행동이고, 무엇인가에 의해 억류되지 않았나 하는 의심을 갖게 만들었다.

둘째, 천검회는 이들을 병력으로 활용하려는 게 분명했다.

분지에 설치되어 있는 수많은 전막은 전쟁을 수행하는 병력을 수용할 때 사용되는 것들이기 때문이다.

병력으로 활용할 생각이 없다면 이렇게 끌어모을 필요도 없었을 것이다.

셋째, 이자들은 천검회가 나서기 어려운 곳에 쓰기 위한 소모용이다.

단순하게 전투력만 가지고 따진다면 지금 분지를 차지하고 있는 사파무인들은 천검회와 전력 면에서 비교조차 되지 않는다.

그럼에도 이처럼 모아놓은 것은 다른 데 요긴히 쓸 일이 있다는 뜻이다.

일례를 든다면 사천에서 표행을 털 때처럼 말이다.

"나와!"

분지를 바라보며 생각을 정리하던 운호가 쓴웃음을 지으며 숨어 있던 바위 틈에서 일어났다.

좌측 바위 군을 타고 세 명의 청색전포무인들이 나타나 그가 있는 곳으로 똑바로 다가왔기 때문이다.

서두르지 않는 음성.

낮지만 강했고, 사람의 심장을 오그라들게 만드는 묘한 압박감이 있는 목소리였다.

운호는 다가오는 자들을 지켜보다 그들이 나타난 능선을 비롯해서 산의 이곳저곳을 살폈다.

자신이 이쪽으로 올라왔다는 걸 미리 알지 못했다면 지형상 절대 자신이 숨은 곳을 알고 접근할 수는 없었다.

이미 한참 전에 산을 타고 올라오는 것을 누군가가 봤다는 뜻인데 아무리 살펴봐도 경계의 흔적을 찾을 수가 없었다.

하기야 지금에 와서 그것을 궁금하게 생각한다는 것도 우스운 일이다.

깃털처럼 가벼운 발걸음으로 다가온 자들의 선두에는 광릉에서 본 곰보 사내가 서 있었다.

그는 자신의 무력에 대해 한 번도 의심을 가진 적이 없는 것처럼 보였다.

거침없는 발걸음. 기습에 대한 염려는 아예 생각조차 안 하는지 그는 가슴을 활짝 열어놓은 채 접근해 왔다.

가소로운 짓이다.

지금까지 어떻게 살아왔는지 모르겠으나 너는 상대를 잘못 골랐다.

"도대체 니들 뭐냐?"

"우리가 누군지도 모르고 왔단 말이지?"

"대충은 아니까 감출 생각 하지 마. 천검회까지는 안다. 어디 소속인지나 말해."

"하루살이 같은 놈이로다. 도대체 어떻게 알고 온 거냐?"

"이 산에 미친놈들이 진을 치고 있다는 건 귀주 전체가 다 아는 사실이다. 난 단지 확인하러 왔을 뿐이고."

"말도 안 되는 소릴 하는구나."

"무슨 짓을 하려고 그러는지 궁금해 죽겠다. 그러니 나한테 조곤조곤 예쁘게 설명해 봐."

"네 정체는?"

"궁금증을 못 참는 사람 정도로 하자."

"죽음에도 종류가 있지. 순순히 정체를 밝히면 단박에 숨통을 끊어주마. 하지만 계속 꼴통 짓을 한다면 그땐 살점을 하나씩 뜯어내어 죽인다."

"말은 함부로 하는 게 아니다. 네 실력을 너무 과신하지 마라."

"너 정도는 충분하고도 남아!"

곰보사내의 검이 저절로 뽑히는 것처럼 검갑에서 빠져나오더니 곧장 운호에게 폭사되어 왔다.

과연 큰소리칠 만큼 빠르고 강한 일격이었다.

하지만 상대는 마검 운호였다.

기세의 갈무리가 숨 쉬듯 편해진 건 벌써 오래전의 일이다.

적이 눈앞에 있어도 조금의 기세조차 흘러나오지 않으니 곰보 사내는 운호의 무력이 어느 정돈지 예측조차 하지 못했을 것이다.

살검(殺劍).

운호의 검은 사천을 종횡하던 칠절문과의 격전에서 이미 수많은 피를 묻힌 살검이다.

살검에는 인정도 없고 자비도 없으며 한 올의 망설임도 없다.

단숨에 적의 명줄을 끊어놓는 검, 그것이 바로 살검이다.

곰보사내의 빠른 일격을 섬전으로 비틀어 튕겨낸 운호는

곧장 따라 들어가며 풍영(風影)을 펼쳤다.

이미 정해진 순서를 따라 움직이는 것처럼 부드러운 움직임이고 연환이다.

그러나 부드러움 속에 들어 있는 것은 도저히 막아낼 수 없을 만큼 거대한 힘이었다.

운호의 일검, 일검에는 미증유의 압력이 담겨 있었는데 마치 벼락이 치는 것처럼 느껴질 정도였다.

단 한 번의 충돌이었으나 곰보사내는 운호의 검을 이겨내지 못하고 뒤로 밀려났다. 그럼에도 불구하고 그는 사방을 휩쓸며 다가온 무형의 검기를 향해 십이검을 연속으로 찔러냈다.

굳은 눈동자, 악물린 이빨.

그의 눈에 담긴 것은 경악이고 믿을 수 없는 것에 대한 풀어지지 않는 의문이었으나 그의 검에 담긴 것은 혼신을 다한 최후의 투지였다.

운호가 검을 꺼내어 자신의 검을 밀어낸 순간부터 그는 뭔가 잘못되었다는 것을 알 수 있었다.

태연한 태도에서 한 수 가지고 있는 자란 건 예상했지만 상대의 무력은 상상을 초월할 정도로 대단했다.

그리고 그 검은 조금의 망설임도 없이 자신의 죽음을 원하고 있었다.

살아오면서 자신의 검을 의심하지 않았다.

물론 무림에는 자신보다 강한 자가 많다는 걸 알지만 자신의 검에 대한 자부심은 잊지 않고 살아왔다.

두려움이 없기 때문이다.

무인으로 태어난 이상 죽음은 항상 옆에 있는 것이니 자부심을 가진 채 떳떳하게 살아가는 것이 중요하다고 생각했다.

그리고 그런 마음가짐을 가질 정도로 그의 무력은 누구에게나 인정받을 만큼 강했다.

하지만 적의 검에서 눈에 보이지 않는 무형의 검기가 한꺼번에 쏟아져 들어오는 걸 보면서 그는 자신도 모르게 눈을 감을 수밖에 없었다.

운호에게 향한 자신의 최후 공격은 철벽을 찌른 것처럼 튕겨져 손아귀를 찢어냈다. 곧이어 시린 검기의 물결이 새하얀 빛으로 변하며 순식간에 눈앞으로 다가왔다.

운호는 세 사내를 해치운 후 곧장 몸을 날려 산을 내려가기 시작했다.

적들이 눈앞에 나타났다는 것은 자신의 추적이 노출되었다는 것을 의미했기에 최대한 빨리 자리를 피해야 했다.

어쩔 수 없이 손을 썼지만 천검회와 정면으로 부딪치는 건 원하지 않는 일이다.

그러나 그것은 생각처럼 되지 않았다.

세상을 살다 보면 원하지 않은 일들이 문득문득 일어나곤

하는데 지금이 그런 경우였다.

백색 무복으로 통일한 열두 명의 도객이 퇴로를 차단한 채 무심한 눈으로 운호를 지켜보고 있었다.

한줄기 바람조차 통과하지 못할 진공을 만들고 있는 자들.

그들의 눈은 깊이를 알 수 없을 정도로 침잠되어 있었고, 그저 서 있는 것만으로 하나의 칼이 되어 시퍼런 예기를 뿜어내었다.

하나하나의 무력을 논한다는 건 의미가 없는 짓이었다.

그들은 개인으로 평가할 수 있는 자들이 아니라 그 자체로 하나인 자들이었다.

피할 수 있는 방위를 완벽하게 차단한 진형.

그들과 부딪치지 않기 위해서는 오로지 온 길을 다시 되돌아가는 것뿐이다.

하지만 운호는 산으로 되돌아갈 생각이 전혀 없었다.

“그대들은 누군가?”

“천검십이도.”

중앙에 선 자에게서 묵직한 대답이 흘러나왔다.

저음의 목소리는 상대를 위압하기 위해 나온 것이 아니겠지만 듣는 자는 그렇지 않았다.

‘쯧쯧, 어쩐지…….’

대답을 들은 운호의 입에서 무거운 한숨 소리가 흘러나왔다.

천검십이도의 명성은 중원에 나오기 전부터 귀가 따갑게 들었다.

천검회가 자랑하는 무적 특수타격대 중의 하나로서 적들의 수장을 때려잡기 위해 구성되었다. 그들이 익힌 천뢰마도는 중원백대도법에 당당히 이름을 올린 절학 중의 절학이다.

다시 말해 강적 중의 강적이란 뜻이다.

하지만 운호의 얼굴 표정은 한 치의 흔들림도 없었다.

"나를 막은 이유는 뭔가?"

"그거야 당연히 죽이기 위해서 아니겠느냐. 천검회는 쥐새끼를 키우지 않는다."

"말 조심해. 혓바닥을 잘라 버리는 수가 있으니까!"

"배포가 큰 자로군. 위에서 만난 자들은 죽였느냐?"

"나를 막는 자는 그냥 두지 않는다."

"죽였다는 뜻이냐?"

"말귀를 잘 못 알아듣는다는 건 자랑스러운 일이 아니다."

"너의 정체가 뭐냐? 감히 천검회의 행사에 관여하다니."

"구린내가 진동해서 잠시 들렀을 뿐이다. 그러니 그냥 가면 안 되겠나?"

"이름을 대라. 이름을 말하면 약소하나마 목비를 세워주겠다."

변하지 않은 차가운 눈.

그런 눈은 절대 거짓을 말하지 않으니 그의 말은 사실임이 틀림없을 것이다.

자신의 손에 죽은 자를 묻어줄 만큼 아량이 있다는 뜻인데, 한편으로는 강자의 여유로도 보인다.

그렇지만 그것은 그의 생각이었고 운호의 생각은 달라도 너무나 달랐다.

"나는 너희와 싸울 생각이 없다. 지금이라도 길을 열어주면 그냥 가겠다."

"넌 이제 네 마음대로 갈 수 없다. 무슨 목적으로 여길 온 건지, 네 정체가 뭔지 자세하게 말한다면 살려줄 수도 있다. 어쩌겠느냐?"

"다른 방법은?"

"없다."

"그렇다면 할 수 없군. 뽑아라! 상대해 주마!"

8장

귀주에 부는 전운

일심동체(一心同體).

육체와 정신이 하나 됨을 말하는 단어이다.

천검십이도는 칼을 꺼내 든 순간 그렇게 하나가 되어 운호를 압박해 들어왔다.

천뢰마도의 위력은 과연 명불허전.

소문으로만 들어온 그들의 도법은 사위를 완벽하게 차단한 채 운호의 움직임을 옭아매기 시작했다.

그들에게서 뿜어진 도기가 대낮임에도 눈이 부시도록 찬란하게 허공을 찢어발기고 바위를 잘라 산산이 비산시켰다.

정말 무시무시한 위력이었다.

운호는 기다렸다는 듯 뛰어들며 공격해 온 도객들의 도기를 중간에서 자른 후 우방으로 신형을 옮겼다.

작은 편차의 틈을 뚫고 이동하는 그의 신형은 환상 그 자체였으나 십이도의 칼은 집요하게 전신을 노리며 따라붙었다.

도기의 중첩.

열둘이나 되는 자들이 시간의 편차를 두고 끊임없이 공격해 오자 움직일 방위가 보이지 않았다.

결국 할 수 있는 선택은 오직 하나.

힘으로 부딪쳐 깨부수는 것뿐.

그랬기에 운호는 재차 돌입해 오는 세 명의 도객을 향해 가차 없이 분광을 펼쳤다.

콰앙! 쾅! 쾅!

휘청하며 튕겨 나가는 도객들을 뚫고 운호의 신형이 무서운 속도로 빠져나갔다.

불의의 일격을 받은 도객들은 술 취한 자들처럼 비틀거리며 물러섰다. 대신 다른 자들이 급히 추적해 왔으나 운호의 신법은 바람처럼 움직여 격차를 벌여 나갔다.

인정할 정도로 대단한 무력을 지녔지만 두려워 피한 것은 아니다.

냉철한 판단에 의한 행동.

산 정상에서 셋을 죽인 지 불과 반의 반각도 안 되어 천검십이도가 나타났다는 건 이 험악한 산에 상당수의 천검회 전력이 숨어 있다는 걸 단적으로 알려주는 것이다.

지금은 혼자의 힘으로 천검회와 정면으로 부딪칠 이유가 없었다.

싸움이 본격적으로 이루어지기 시작한다면 천검회는 자신을 주목하게 될 것이고, 그리 되면 음흉하게 숨겨진 그들의 목적을 알아낸다는 건 불가능에 가까워진다.

후퇴를 하고 기회를 다시 보는 것이 현명한 판단이었다.

사달이 생긴 건 천검십이도와의 격차를 이십여 장으로 벌였을 때다.

유령처럼 솟아난 일곱 명의 흑의무인들은 묵룡창을 들고 오부능선에서 운호가 다가오기를 기다렸다.

들고 있는 창만 봐도 그들이 누구란 걸 충분히 알 수 있었다.

천검칠수(天劍七手).

확실하게 예상이 맞았다.

천검회는 사파의 고수들을 그냥 방치한 게 아니었던 모양이다.

천검칠수가 나타났다는 것은 충분히 제압할 만한 전력을 이곳 불곡산에 풀어놓고 암중에서 감시하고 있었다는 뜻이 된다.

역시 아직까지는 강호의 경험이 부족하다.

미리 예측했다면 이런 상황까지 몰리지 않았을 텐데 부족한 경륜은 그를 위험에 처하게 만들고 있었다.

뚫고 나가기 위해 검에 내력을 주입했을 때 천검칠수는 완벽한 방어망을 구축하고 창을 하나로 모았다.

뚫고 싶으면 오라는 태도.

그만큼 자신이 있다는 행동이었는데 그들이 모은 창에서는 내력이 중첩되며 하나의 원형 방패가 생성되고 있었다.

천검회의 특수병기들은 절대고수들을 잡기 위해 키워졌다더니 과연 명불허전이다.

아마 저들이 펼친 방어막을 깨기 위해서는 일곱의 내력을 합한 것보다 더 강한 위력이 필요할 게 분명했다.

완벽한 도발.

하지만 도발이면서 유혹이기도 했다.

만약 그들이 펼친 방어막을 피하기 위해 우회한다면 더한 위험이 닥친다는 걸 본능이 알려주고 있었다.

그랬기에 운호는 슬며시 이를 악물고 흑룡검에 최대의 내력을 주입했다.

그러자 검이 윙윙거리며 울음을 토해냈고, 검기의 길이가 한 자 이상 더 솟구쳤다.

결심한 이상 망설이지 않고 그대로 부딪쳤다.

그가 펼친 회풍은 수많은 원을 생성시키며 천검칠수가 펼쳐놓은 방탄수를 향해 날아갔다. 마치 회전하는 용과 비슷한 형상이다.

강기와 강기의 대결.

한쪽은 방어이고 한쪽은 공격이었으나 위험해 보이는 것은 오히려 공격하는 운호 쪽이었다.

그만큼 칠수가 펼쳐놓은 방탄수는 철벽처럼 운호의 검을 가로막고 있었다.

하지만 흑룡검에서 삐져나온 검기의 원들이 방탄수와 충돌하기 시작하자 말도 안 되는 결과가 생겨났다.

그토록 강력하던 검기의 방어막은 회풍을 튕겨내지 못하고 받아들였는데 한 번씩 충돌할 때마다 상처를 입고 흔들리며 움찔거렸다.

그런 후 한순간 폭발하듯 깨지며 칠수를 뒤로 튕겨냈다.

설명은 길었으나 순식간에 발생한 결과였다.

믿겨지지 않는 사실.

뒤에서 추적해 오던 십이도는 그 충격적인 사실에 추적을 멈추고 운호의 뒷모습을 멍하니 바라보고 있을 뿐이다.

저자가 도대체 누구기에 이런 가공할 무력을 펼쳐낸단 말인가.

단순하게 누군가의 첩자로 생각했는데 막상 나가떨어진 칠수를 확인하자 오금이 저려왔다.

칠수는 절대 자신들보다 하수가 아니기 때문이다.

불곡산을 빠져나온 운호는 그길로 곧장 친구들이 기다리

고 있는 풍월루로 향했다.

친구들은 지금쯤 사라진 자신 때문에 애를 태우고 있을 게 분명했지만 애가 타는 건 그가 더했다.

이제 천검회는 자신을 찾기 위해 혈안이 될 것이다.

귀주는 천검회의 영역이고 이곳 도균은 그들의 본단이 있는 곳이니 최대한 빨리 벗어나지 않는다면 발각될 가능성이 너무나 컸다.

얼마나 빨리 달렸는지 풍월루에 도착했을 때 운호의 얼굴에는 땀방울이 송골송골 솟아나고 있었다.

급히 방으로 들어서자 누워 있던 운상이 기겁하며 일어서는 것이 보였다.

그는 운호를 보자마자 소리부터 질렀다.

"어떻게 된 거야!"

"운여는?"

"너 찾으러. 한 소저하고 광릉 주변을 살핀다고 갔다."

"일어나. 짐 챙겨."

"왜 그래? 무슨 일 있었어?"

"가면서 설명해 줄게. 급해. 빨리 움직여."

운호의 재촉에 운상이 더 이상 묻지 않고 얼마 되지 않는 짐을 주섬주섬 싼 후 자리에서 일어났다.

그는 말이 많은 편이었지만 행동 역시 누구 못지않게 빠른 사람이었다.

운호는 광릉으로 향하며 그동안 있었던 일을 운상에게 설명해 주었다.

그러자 운상이 거품을 물었다.

들을수록 점점 일이 커져 감당할 수준을 넘어서고 있었기 때문이다.

"환장하겠네. 천검회랑 붙었다고?"

"어쩔 수 없었어."

"그게 인마, 그렇게 간단하게 말할 내용이 아니잖아."

"그럼 어떡해. 이미 벌어졌는데."

"이 뻔뻔한 놈아, 그걸 말이라고 하냐!"

"신경질 부리지 말고 빨리 운여부터 찾아야 해. 안 그러면 정말 일이 커질지도 몰라."

"하여간 넌 일 만드는 데 선수다."

운상이 어쩔 수 없다는 얼굴로 발길을 재촉했다.

운호의 말대로 도균을 최대한 빨리 벗어나는 것만이 그들이 할 수 있는 유일한 방법이었다.

다행스럽게 운여와 한설아를 만난 것은 그로부터 반각이 지났을 때다.

그들은 걱정스러운 얼굴로 돌아오다가 운호를 확인하곤 얼굴을 활짝 폈다. 특히 한설아는 죽었다 살아온 낭군을 본 것 같은 얼굴을 했다.

"오라버니, 어디 갔던 거예요?"

"급하니까 일단 가면서 얘기합시다."

"왜 그래요?"

"그럴 일이 있소. 서두르시오."

한설아의 손목을 잡은 운호의 손길은 이제 익숙해질 대로 익숙해서 전혀 어색해 보이지 않았다.

그건 손목을 잡힌 한설아도 마찬가지였다.

그녀의 얼굴에 들어 있는 건 이유를 알지 못한 것에 대한 의문뿐, 손목을 잡힌 것에 대한 부끄러움은 전혀 없었다.

운호는 그녀를 이끌고 사람들이 다니는 관도를 벗어나 우측으로 보이는 야산으로 향했다.

먼저 지금까지의 상황을 설명하고 앞으로의 진로와 행동에 대해서 의견을 모아야 하기 때문이다.

평소 같았으면 두 사람이 손목 잡은 걸 가지고 짓궂게 굴었을 운여와 운상도 이번만큼은 아무 소리 하지 않고 따라왔다.

그들도 상황의 심각함을 충분히 인식하고 있다는 뜻이다.

운호가 그녀의 손목을 놓은 것은 산비탈에 도착했을 때다.

오면서 운상에게 개략적으로 얘기한 내용들을 이번에는 하나씩 세밀하게 일행을 향해 설명했다.

광릉에서부터 추적해서 불곡산으로 갔던 과정과 병력의

집합, 그리고 천검회와의 충돌까지 풀어내자 다 듣고 난 운여의 입에서 한숨 소리가 새어 나왔다.

오면서 운호가 대형 사고를 쳤다는 소릴 듣고 설마 설마 했는데 운상의 얘기는 맛보기에 지나지 않는 것이었다.

"얼굴 보였어?"

"응."

"복면이라도 쓰지 그랬냐! 천검회의 정보력은 천하에서 가장 신속하고 정확하다고 알려져 있어. 얼굴까지 보였으니 정말 난리 났다."

"그래서 말인데, 일단 귀주부터 벗어나자."

"쉽진 않을 것 같다. 치부를 들켰으니 그냥 내버려 두겠어?"

"은밀히 빠져나가야지. 일단 귀주만 빠져나가면 천검회라도 어쩌지 못할 거야. 너희가 한 소저를 데리고 가라. 나중에 수녕(綏寧)에서 만나자."

"무슨 소리야?"

"아무래도 불안해. 놈들이 내 얼굴을 아니까 같이 행동하다가는 전부 위험해질 수 있어."

"그래서 우리만 먼저 가라고?"

"난 지옥에서라도 살아갈 자신이 있다. 그러니 내 말대로 해."

"바로 따라올 거지?"

"거기 가서 기다려. 난 놈들에 대해서 더 알아봐야겠다. 천검회가 사파 고수들을 병력화한다는 건 보통 일이 아니야. 분명 음모가 있어."

"위험해!"

"우리 목적이 뭔지 잊었어?"

"좋아, 그럼 운여를 한 소저하고 보내는 것으로 하지."

운상이 고민 끝에 결정을 내린 후 운여를 바라봤다.

운여의 얼굴이 일그러진 것은 운상이 운호의 옆으로 자리를 옮겼을 때다.

"그렇게는 못해. 갈 거면 운상 네가 가라."

"왜?"

"난 황수에 참여하지 못했다. 그러니 이번엔 여기에 있어야겠다."

"등판에 칼질을 당해본 놈이 그래도 덜 아픈 법이야. 난 운호 따라다니면서 셀 수 없이 얻어맞은 경험이 있다. 간다면 당연히 내가 같이 가야 돼."

"웃기는 소리 하지 마."

"이놈이 웬 고집을 부리고 그래!"

운상이 참지 못하고 소리를 빽 질렀다.

하지만 이번에 나선 것은 운여가 아니라 한설아였다.

"나도 그렇게는 못하겠어요."

날카로운 목소리.

지금까지 한 번도 부드러움에서 벗어나지 않던 그녀의 목소리는 파랗게 날이 서서 운호 일당을 압박하고 있었다.

떠듬거리며 운상이 입을 연 것은 그녀의 입술이 덜덜 떨렸기 때문이다.

"소저, 왜 그러시오?"

"저는 청성의 한설아입니다. 청성의 무인이란 말입니다. 오라버니들한테는 제가 그렇게 하찮게 보입니까?"

"…그게……."

"사문에 표물을 찾아오겠다는 약속을 하고 나왔습니다. 그런 저에게 위험하니 도망이나 다니라고 하시다니 정말 너무하세요."

"그런 뜻이 아니었소."

"위험해서라는 거 알아요. 하지만 저도 청성 신진무인을 대표하는 검객 중 하납니다. 충분히 제 몸은 지킬 수 있어요."

"안 가겠다는 뜻이오?"

"당연히 안 갑니다. 오라버니들이 절 버리고 간다 해도 저는 천검회가 무슨 짓을 하는지 알아봐야겠어요."

너무나 단단해서 말릴 재간이 없을 정도로 한설아의 말투와 음성은 단호했다.

그녀를 지켜야 한다는 생각이 앞서 피신시키겠다는 마음뿐이었는데 그것은 순전히 자신들만의 생각이었다.

청성일미 한설아.

막상 그녀가 누군지 생각하자 한숨이 흘러나왔다.

그녀의 말대로 그녀는 청성 신진무인을 대표하는 검객 중 하나이기 때문이다.

그랬기에 운호는 친구들과 그녀의 얼굴을 천천히 번갈아 쳐다봤다.

어렵고 힘든 길이 분명한데도 한설아와 친구들은 같이 가겠다며 버티고 있다.

머리는 안 된다고 하는데 가슴은 따뜻해져 왔다.

가슴 한구석을 허전하게 만든 것은 헤어져야 한다는 이별의 아픔 때문이었던 모양이다.

그녀와 친구들이 같이 가자고 따라나서자 먹먹해졌던 가슴이 언제 그랬냐는 듯 말끔하게 정상으로 돌아왔으니 말이다.

거대한 전각.

정갈하게 꾸며진 방에 원형의 탁자를 사이에 두고 앉아 있는 사람들은 모두 셋.

그중 정면에 앉은 흰 수염을 멋지게 기른 홍안의 노인이 바로 무림십제에 손꼽히는 화검제 육철승이었다.

무림십강 중의 하나인 천검회의 주인.

한 자루 장검을 들면 무적이 된다는 절대고수로서 대소 삼

백여 차례의 전투를 모두 승리로 이끈 전신이 바로 그였다.
그리고 그의 옆쪽에 앉아 있는 사람은 천검회의 총사인 천기수사 화문탁이었고, 좌측의 마른 노인은 정보를 담당하고 있는 중안(中眼)의 수장 주령이었다.
실질적으로 천검회를 이끄는 주역들.
물론 서열상으로는 주력 전투부대를 이끌고 있는 염라단주 파우신검 단극과 수혼단주 패천일도 성사일이 더 높았다. 그러나 그들은 외단의 주인들로 웬만한 일에 대해서는 관여하지 않기 때문에, 천검회의 대소사는 대부분 내단을 이끄는 총사 화문탁에 의해 직접 육철승에게 보고되는 체제였다.
그리고 그 수족이 되는 자가 바로 중안을 맡고 있는 주령이었다.
천하에 산재되어 있는 모든 정보망을 총괄하는 자.
그의 탁월한 정보 분석 능력은 중원에서 손꼽힐 정도로 뛰어났고, 거미줄 같은 정보망 운영 능력도 최고 중의 최고였다.
심각한 보고를 했는지 화문탁과 주령의 얼굴은 밝지 못했으나 화검제의 붉은 얼굴은 전혀 변함이 없었다.
"불과 서른도 안 된 자란 말이지?"
"그렇습니다."
"자네 생각은 그자가 누구라고 생각하나?"
"지금 당장은 말씀드리기 어렵습니다. 하지만 며칠만 말미를 주시면 누군지 알아낼 수 있습니다."

화검제의 물음에 주령이 말꼬리를 뺐다.

그러자 화검제의 입에서 작은 웃음이 흘러나왔다.

"허허, 이 사람. 자넨 너무 신중한 게 탈이야. 머릿속에 있는 놈들 있을 거 아닌가. 대뜸 떠오른 자들!"

"나이와 무력만 가지고 추정한다면 대상이 되는 자들은 저희가 분석한 것으로 서른둘입니다. 모두 신진 중에서 절대의 경지까지 오른 자이지요. 그중 강호에 나오지 않은 자들과 현재 위치가 확인된 자들을 빼면 열셋 정도가 남습니다."

"뜸들이지 말고 말해."

"그들을 모두 분석해 봤을 때 마검이 가장 유력한 것으로 저는 추정하고 있습니다."

"황수의 그 마검. 점창의 신성이라는 자 말인가?"

"그렇습니다. 점창에서 탕마행을 나선 지 두 달이 넘고 있습니다. 다른 자들은 행로가 추적되고 있는데 마검 일행의 행적이 보름 전부터 끊겼습니다."

"그것만이라면 마검이라 볼 수 없겠군."

고개를 천천히 흔들며 화검제가 눈을 오므리자 그동안 잠자코 있던 총사 화문탁이 나섰다.

그는 무림사현에 꼽힐 만큼 대단한 천재로서 천검회가 추진하고 있는 전략전술은 모두 그의 머리에서 나온다.

"그자일 가능성이 큽니다. 통령께서 성으로 돌아가실 때 사천에서 마검을 만났다는 말씀을 하셨습니다."

"통령이?"

"급하게 떠나셨기 때문에 자세한 건 들을 수 없었으나 통령께서 마검을 만났다면 만마당도 같이 부딪쳤을 가능성이 큽니다."

"혈번이나 같이 간 놈들 중 누군가가 백룡사를 노출시켰다는 뜻이군?"

"여기까지 찾아온 게 그자들이 맞는다면 아마도 그랬을 거란 추정이 되는군요. 그들이 시행하는 탕마행이란 목적과 일치되기도 하니까요."

"그래서, 자네 생각은?"

"조금 일찍 판을 벌여야 할 것 같습니다. 계획을 당겨서 만마당 전체를 출진시키고 불곡산은 폐쇄시키겠습니다."

"마검은?"

"파혼당에 철패와 혈룡, 그리고 무정도를 붙여서 잡을 생각입니다."

"과한 거 아냐?"

"마검의 무력이 예상외로 대단합니다. 더군다나 그자에게는 조력자가 있으니 그 정도는 보내야 안심이 될 것 같습니다."

"좋아, 그렇게 해."

"존명!"

자신의 지시에 화문탁과 주령이 동시에 고개를 숙이자 화검제의 손가락이 탁자 위를 노닐었다.

뭔가를 깊게 생각하는 그의 얼굴은 여전히 붉게 빛나고 있었다.

파혼당.

염라전에 속한 네 개의 전투부대 중 하나로서 소속 무인의 숫자는 이백이고 세 명의 대주가 병력을 이끄는 천검회의 최정예 부대였다.

당주는 백야검 막여로서 이십 년간 패한 적이 없는 것으로 알려진 초절정 고수였다.

저녁 무렵 총사로부터 명령을 전달받은 그의 얼굴은 불쾌감으로 가득 차 있었는데 그것은 앞에 앉아 있는 부당주 홍무의 얼굴도 마찬가지였다.

"총사가 나를 완전히 물로 본 모양이구나."

"최근 들어 전쟁을 벌이지 않았으니 파혼당이 어떤 단체인지 총사가 잊은 모양입니다."

"이거 창피해서 어떻게 고개를 들고 다니란 말이냐. 그까짓 애송이를 잡는데 뭐, 철패와 혈룡, 그리고 무정도까지 데려가라고?"

"참으시죠. 혈압 올라가십니다."

"너, 나 약 올리는 거냐?"

"그럴 리가 있겠습니까. 파혼당의 부당주로서 저 역시 끓어오르는 울분을 참을 수 없습니다. 하지만 회주님의 명령이라 하잖습니까. 냉정하게 행동해야만 책잡히지 않을 테니 참으셔야 합니다."

"끙!"

홍무의 말에 막여의 입에서 이상한 신음성이 흘러나왔다.

생각 같아서는 한 대 쥐어박고 싶은데 구구절절 옳은 말이니 화를 낼 명분이 없기 때문이다.

그때 방문이 벌컥 열렸다.

들어선 자는 전신을 붉은 옷으로 감싸 입은 반면 창백한 얼굴을 지닌 자였다.

혈패, 자홍.

파혼당주 막여의 둘도 없는 친구로서 성격이 얼마나 급한지 혈패라는 별칭을 가질 만큼 불같은 성격을 가진 무인이다.

"야, 막여. 네가 총사한테 꼰질렀냐?"

"꼰지르긴 뭘 꼰질러?"

"그럼 총사가 어떻게 알고 혼망으로 사람을 보낸 거냐? 추월이랑 있을 테니 비밀로 해달라고 그렇게 부탁했는데 친구란 놈이 그걸 일러바쳐?"

"인마, 내가 안 그랬어."

"아니긴 뭐가 아니야. 나 거기 있는 건 너밖에 모르는데!"

"아니라니까!"

"네가 안 일렀다고? 그럼 누가… 했을까?"

씩씩거리던 혈패가 신경질적인 고함 소리를 들은 후에야 우그러져 있는 막여의 얼굴을 확인하고 호흡을 가다듬었다.

막여는 오히려 자신보다 더 열 받은 얼굴을 하고 있었다.

평소에는 혈패가 훨씬 더 다혈질이지만 한번 열 받으면 막여 역시 물불을 안 가리는 성격이다.

그랬기에 혈패는 슬며시 말꼬리를 흐리며 의자를 빼서 자리에 앉았다.

그런 혈패를 향해 막여가 혀를 찼다.

"총사가 어떤 인간인지 몰라서 그래? 중안을 동원하면 귀주 전체의 개미 숫자까지 알 수 있는 게 그 사람이다. 조금만 생각해 보면 되는데 당최 머리 쓸 생각을 안 하는 이유가 뭐냐? 머리는 장식으로 달고 다녀?"

"허어, 너 뭐 잘못 먹었어? 야 부당주, 너네 당주 왜 저러냐?"

"그게……."

"넌 나가 있어."

혈패의 질문에 홍무가 대답을 하지 못하고 눈치를 보자 막여가 연이어 신경질을 냈다.

그 소리에 마침 잘됐다는 듯 홍무가 벌떡 일어나 씩씩하게 방문을 열고 사라졌다.

그러자 막여가 그가 사라진 방문을 노려보다가 한숨을 내쉬었다.

역시 한 대 때릴 걸 그랬나 하는 아쉬움이 담긴 시선이다.

"아, 정말 더러워서."

"너 아까부터 왜 그러는데? 말을 해야 알지. 자꾸 답답하게 만들래?"

"어린애 하나 잡는 데 파혼당 전체를 동원시켰다. 그것도 너와 혈룡, 무정도까지 데려가란다."

"나만 가는 게 아니었어?"

"혈룡 그 새끼가 이죽거릴 걸 생각하니까 온몸이 다 떨려오네. 아, 씨발."

"열 받을 만하구먼."

혈패가 둘도 없는 친구라면 혈룡은 막여와 둘도 없는 앙숙간이었다.

사람이 세상을 살다 보면 이상하게 악연과 악연이 지속되는 경우가 생기기도 하는데 막여에게는 혈룡이 그런 인물이었다.

막여가 지금까지 인상을 박박 긁고 있던 이유는 총사가 자신을 우습게 생각한다는 것보다 혈룡에게 조소당할 게 너무나 억울했던 모양이다.

결국 같이 다니는 것으로 결정한 운호 일행은 다시 둘씩 나뉘었다.

무더기로 다니면 훨씬 의심받을 수 있고 유사시에 대응이 어렵다는 이유 때문이다.

다시 도균으로 돌아간 운상과 운여가 여행에 필요한 건량과 물을 준비해 온 저녁이 돼서야 운호 일행은 불곡산을 향해 출발했다.

모든 근원은 불곡산에 있으니 설혹 감시망에 걸리는 한이 있더라도 다시 가야 된다는 게 그들의 생각이었다.

운호는 한설아와 함께 어둠을 헤치고 천천히 움직여 불곡산이 시작되는 능선에서 삼백 장 떨어진 곳에 은밀하게 자리를 잡았다.

산을 오르든 내리든 반드시 거쳐야 하는 요지이기 때문에 이곳만 지키면 병력의 움직임을 간파할 수 있었다.

운상과 운여는 반대쪽에 자리를 잡았는데 어둠에 가려 모습을 찾을 수 없었다.

오늘따라 달마저 짙은 구름에 숨어 옆에 있는 사람의 얼굴조차 보이지 않을 만큼 어두웠다.

또다시 하염없는 기다림이 시작되었다.

혼자라면 불곡산을 등반해서 직접 눈으로 감시했을 테지만 지금은 그럴 수가 없었다.

한설아가 있기 때문이다.

이전에는 말이라도 했는데 지금은 말조차 하지 못한다. 천검회가 불곡산을 철저히 틀어막고 있기 때문에 소음이라도 내게 되면 부지불식간에 공격을 받을 수 있었다.

그저 귀를 기울이고 적의 움직임이 들려오길 기다리는 것만이 그들이 할 수 있는 전부였다.

하지만 그런 운호의 마음은 한설아의 움직임으로 인해 금방 깨질 수밖에 없었다.

그녀의 작은 손길.

어둠을 뚫고 다가온 그녀의 손길이 가슴에서 머물다 천천히 목으로 올라왔다.

그런 후 얼굴을 만졌다.

눈, 코, 입을 차례대로 소중하게.

마치 금방이라도 깨지는 소중한 물건을 만지듯 그녀의 손길은 조심스럽고 안타까웠다.

그녀의 머리가 가슴으로 다가온 것은 손길이 거둬지는 게 아쉽다고 여겨졌을 때다.

숨이 막혀왔다.

머릿결의 부드러움과 향기가 그의 호흡을 자연스럽게 억제시켜 숨 쉬기가 불편하도록 만들었다.

운호가 꿈틀거릴수록 그녀는 더욱 밀착해 들어왔다.

엄마 품을 파고드는 갓난아이처럼.

그랬기에 운호는 팔을 들어 그녀를 감쌀 수밖에 없었다.

그녀의 머리가, 그녀의 가슴이 자꾸 미끄러져 흘러내렸기 때문이다.

시간이 정지되었다.

얼마나 오랫동안 무료함과 싸워야 할지 걱정하던 마음은 이미 하늘 저편으로 사라진 지 오래였고 오직 운호의 머릿속에 남은 것은 두려움뿐이었다.

그녀를 지키지 못할지도 모른다는 두려움.

산에서 살며 청정한 마음을 키웠고 수련을 통해 극기를 익혔으나 그녀는 충분히 그런 것들을 깨뜨릴 만큼 위협적인 존재였다.

천검회의 총사가 만마군으로 부르던 사마외도의 무리가 불곡산을 내려온 것은 인시 무렵이었다.

그들을 이끌고 있는 것은 청색 전포의 검객들이었는데 운호가 산 정상에서 마주친 자들이었다.

인시라면 날도 밝지 않은 새벽이니 이렇게 이른 시간에 움직인다는 건 은밀하게 뭔가를 하기 위함이 분명했다.

놈들은 산을 내려온 후 신법을 펼쳐 움직이기 시작했는데 그 속도 또한 매우 빨랐다.

거의 두 시진이 넘도록 한 번도 쉬지 않았는데 이동 거리로 따진다면 백오십 리가 넘었다.

문제는 놈들이 이동한 곳이 삼도(三都)라는 것이다.

귀주의 양대 강자 천검회와 철혈문.

삼도는 그 두 문파의 경계선을 이루는 도시로 철혈문의 첨병 역할을 하고 있는 지부가 자리 잡고 있는 곳이다.

비록 천검회의 막강한 전력에 의해 조금씩 밀려 귀주의 북부에 터전을 마련했지만 철혈문은 아직까지 무림삼십팔세에 포함될 만큼 강력한 세력을 가진 문파였다.

천검회가 지금까지 귀주를 완벽하게 장악하지 못한 이유는 그만큼 철혈문의 전력이 만만치 않았기 때문이다.

끝장을 본다면 천검회도 막대한 피해를 입게 될 수밖에 없으니 눈엣가시 같은 존재임에도 공생을 택할 수밖에 없었던 것이다.

운호는 운상과 운여가 좌방 오십 장에 위치해 있는 걸 확인하고 거대한 전각을 포위하는 만마당의 움직임에 눈살을 찌푸렸다.

공격 진형이다.

아직 날이 밝지 않았기 때문에 장원은 어둠 속에 잠겨 있었지만 어둠 속에서 경계병들의 움직임이 느껴졌다.

운호는 이곳이 철혈문의 삼도지부라는 것을 알지 못했기에 경계병의 움직임을 확인하고 의아함을 느꼈다.

새벽에 무인들이 경계를 선다는 것은 이 전각이 평범한 전각이 아니란 걸 알려주는 것이기 때문이다.

예상외로 만마당의 공격은 금방 시작되었다.

청색 전포의 무인들은 전면에 나서지 않고 만마당만이 전각을 타고 넘어 공격을 시작했는데 놈들이 담장을 타고 넘는 순간부터 장원에서 애끓는 비명이 흘러나왔다.

구슬픈 비명 소리에 운호의 신형이 움찔거렸다.

공격하는 자들의 존재를 알기에 당하는 자들의 정체를 알고 싶다는 마음보다 도와줘야 된다는 마음이 앞섰다.

음모의 냄새가 물씬 풍기는 새벽의 진입.

치열한 전투가 벌어지고 있었으나 만마당의 무력과 공격 시간을 감안한다면 장원의 정체가 뭔지는 모르나 버티기 쉽지 않을 것 같았다.

그럼에도 운호는 움직이지 않았다.

어둠 속에 있는 거대한 적의 정체를 확실히 벗겨내지 못한 지금 작은 움직임으로 대계를 망칠 수는 없는 일이었다.

9장

태강전투

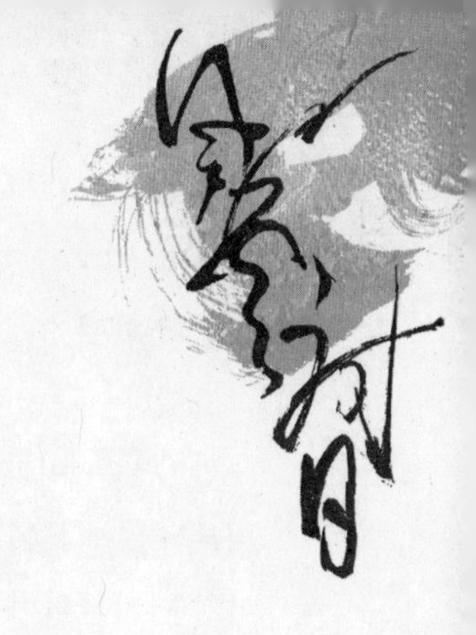

장원에서 끊임없이 흘러나오던 비명은 거의 한 시진이 흐른 후에야 멈췄다.

이백에 달하던 진입 병력은 백오십으로 줄어 있었다. 여명이 밝아오는 새벽을 맞으며 그들은 지체 없이 장원을 벗어나 바람처럼 움직이기 시작했다.

마치 정해져 있는 선을 따라가는 자들 같았다.

그들이 다음으로 도착한 곳은 여화였다.

삼도에서 서쪽으로 칠십 리 정도 떨어졌고 삼도와 마찬가지로 천검회와 경계선에 있는 도시이다.

만마당은 날이 훤히 밝았는데도 조금의 주저 없이 철혈문의 여화 지부를 공격했다.

피의 향연.

그랬다.

만마당은 여화지부에 이어 삼 일 동안 철혈문의 접경지대 지부들을 연이어 박살 내며 진군했는데 마치 죽을 자리를 찾아가는 자들처럼 보였다.

한 번도 쉬지 않았고, 부상 입은 몸조차 돌보지 않았다.

그들은 시퍼런 안광을 빛내며 오직 적을 죽이기 위해 미친 듯 병기를 휘두를 뿐이었다.

전신을 피로 목욕한 그들은 악귀로 변한 지 오래였다.

출발할 때 이백에 달하던 만마당 중 이제 남은 자는 불과 열둘.

그중에는 운호가 추적하던 흑의괴인과 왼팔이 잘려 고통스러워하는 구유사귀도 포함되어 있었다.

언제나 넷이 함께 다니던 구유사귀는 천강 싸움에서 둘이 죽어 이제 둘만 남았을 뿐이었다. 탐스럽던 그들의 백발은 적의 피와 자신의 피로 물들어 벌겋게 변해 있었다.

마지막으로 도착한 곳은 화평.

지금까지 공격한 것은 철혈문의 첨병 역할을 하는 지부였으나 화평에는 철혈문 오대지단 중 하나인 풍뢰단이 위치해 있었다.

당초에 출발한 이백의 병력이 온전히 덤벼도 상대가 되지 않을 풍뢰단으로 열둘밖에 남지 않은 만마당은 괴성을 지르며 뛰어들었다.

도대체 이들을 이렇게 만든 이유가 뭘까?

사마외도의 무리는 자신의 안위를 위해서라면 일단 몸부터 사리는 특성이 있는데 만마당에 포함된 자들은 전혀 죽음을 의식하지 않는 것처럼 보였다.

그동안 일정한 시간이 지나면 공격을 끝내고 나타나던 자들이었으나 이번에는 끝내 아무도 정문을 통해 나오지 않았다.

대신 수많은 철혈문 무인이 정문과 담장을 뛰어넘어 주변을 수색하기 시작했다.

천검회의 청색 전포의 무인들은 남아 있는 자들이 공격을 시작하자 즉시 정해진 후퇴로를 따라 사라졌는데 더 이상 미련을 남기지 않는 행동이었다.

운호 일행은 천검회가 완전히 사라지자 은신처에서 일어났다.

며칠간의 추적에서 천검회는 아예 후방에 대해서는 신경을 쓰지 않았기 때문에 둘째 날부터 운호 일행은 같이 다니기 시작했다.

이해할 수 없는 짓을 마치고 떠난 천검회.

스스로 사파의 마인들을 처리했다면 천하인 누구나 박수

를 치며 칭송했을 테지만 천검회는 교묘한 방법으로 그들에게 경쟁 세력의 첨병들을 박살 내는 차도살인을 하게 만든 후 언제 그랬냐는 듯 돌아가고 말았다.

쉬운 판단이 될 수 없었고 섣부른 추측도 어려웠다.

그리고 지금 당장의 행동도 결정하기 힘들었다.

먼저 입을 연 것은 가장 성격이 급한 운상이었다.

그의 얼굴은 벌겋게 달아올라 있었는데 현재의 상황이 너무도 황당해서 어쩔 줄 몰라 하는 모습이었다.

"어쩌지. 놈들을 계속 추적해야 될까?"

"목적을 이룬 놈들이다. 결국 저희 본거지로 돌아갈 것이다."

"도대체 이 새끼들, 뭐 하는 짓인지 모르겠네. 나쁜 놈들을 동원해서 철혈문을 치다니……."

"그놈들도 그렇지만 죽을 줄 뻔히 알면서 날뛴 놈들은 또 어쩌고. 이건 완전히 의문투성이야."

운상의 투덜거림을 받은 운여가 고개를 외로 꼬았다.

아무리 생각해도 이해가 되지 않았기 때문이다.

천하의 천검회가 뭐가 아쉬워 그까짓 사마외도의 무리를 이용해서 철혈문을 친단 말인가.

무인에게 있어 전쟁은 숙명과 같은 것이다.

힘이 있는 자들은 세력을 확장시키는 것이 당연한 것으로 받아들여져 왔고 앞으로도 그러할 것이다.

만약 천검회가 귀주를 두고 쟁투를 벌인다 해도 천하인은 언젠가 벌어질 일이었다며 당연시할지도 몰랐다.

그런데 기껏 차도살인이라니 진정 이해되지 않는 행동이었다.

더 중요한 것은 죽어간 자들이다. 자신의 죽음을 뻔히 알면서도 병기를 든 채 불나방처럼 뛰어든 그들의 행동은 눈으로 보고도 못 믿을 짓이었다.

해답은 없고 의문은 늘어났다.

그렇다고 이대로 언제까지 서 있을 수도 없는 노릇이니 그동안 잠자코 있던 운호가 입을 열었다.

"자, 지금 우리가 선택할 수 있는 것은 두 가지다. 하나는 바로 놈들을 추적해서 다시 도균으로 돌아가는 것이고, 또 하나는 저곳으로 들어가 사건의 전말을 알려주는 것이다."

"철혈문한테?"

"철혈문은 앉아서 뒤통수를 맞았다. 두 문파 간의 싸움이라면 우리가 나서서 상관할 일이 아니겠지만 천검회의 행동은 뭔가 구린 냄새가 잔뜩 난단 말이지. 아마 우리가 알려주지 않으면 철혈문은 천검회의 짓인지 전혀 모를 거다."

"우리한테 시비를 걸면?"

"그런 일은 없어. 호의와 악의를 구분하지 못할 정도라면 철혈문은 삼십팔세에 포함될 수 없었을 거야."

운호 일행은 천천히 걸어 철혈문 풍뢰단을 향해 걸어 들어갔다.

불의의 기습을 받았기 때문에 흉흉해진 풍뢰단의 경계무인들은 운호 일행이 다가오자 인상부터 긁었다.

그들이 검을 뽑지 않은 것은 운호 일행의 접근이 너무도 당당했기 때문일 것이다.

"멈추시오. 그대들은 누구요?"

"우리는 점창에서 왔소. 이번 기습에 대해서 당신들에게 알려줄 것이 있으니 안으로 연통을 넣어주시오."

"명호를 밝히면 전해주리다."

"마검 운호!"

덤덤하게 나온 운호의 대답에 그때까지 뻣뻣한 자세로 질문하던 경계무인의 얼굴에서 경악이 떠올랐다.

그는 얼마나 놀랐는지 입을 연 채 다물 줄을 몰랐다.

마검이란 위명은 철혈문의 일개 문도가 감당할 만큼 작은 것이 아니었던 모양이다.

경계무사 중 몇이 급히 안쪽으로 달려간 지 얼마 안 돼서 거의 칠 척에 달하는 장한이 나타났다.

그는 자신을 황패도 장학이라고 소개했는데 풍뢰단의 부단주를 맡고 있는 무인이었다.

과묵한 사람임이 분명했다.

나타난 후 가볍게 고개만 숙여 예를 갖추었을 뿐, 안채로 안내할 때까지 한 번도 입을 열지 않았으니 절대 입이 가벼운 사람은 아니었다.

장학은 운호 일행을 데리고 중앙에 있는 전각으로 들어섰는데 풍뢰단이 손님을 접견할 때 쓰는 방으로 보였다.

이미 그곳에는 장학과 비슷한 체구의 중년인이 자리에서 일어나 운호 일행을 기다리고 있었다.

그가 바로 풍뢰단주 방패도 장황으로 부단주인 장학의 친형이기도 했다.

극패를 지향하는 천강도법을 극성으로 익혀 십오 년 전부터 귀주와 감숙에서 쟁쟁한 명성을 떨쳐온 무인이 바로 그였다.

그는 운호 일행을 자리에 앉도록 권한 후 자신도 따라 앉으며 곧바로 입을 열었다.

"누가 마검이시오?"

"내가 마검이오."

운호의 대답에 장황의 눈이 좌우에 있는 운상과 운여를 훑었다.

고수는 고수를 알아본다고 했는데 장황의 눈으로는 들어오는 자들 중 누가 마검인지 찾아내지 못했다.

그 말은 운상과 운여 역시 자신이 상대하기 버거울 정도로 엄청난 고수라는 걸 알려주는 것이다.

최근 들어 점창의 기세가 대단해졌다는 말은 들었지만 이 정도의 무인들을 한꺼번에 보게 되자 저절로 고개가 끄덕여졌다.

그러나 그의 놀라움은 그리 오래가지 않았다.

현재의 상황이 급박했고 점창이 알려주겠다는 정보가 너무나 궁금했기 때문이다.

“찾아온 이유가 이번 공격에 대해서 알려줄 게 있다 들었소.”

“그렇습니다.”

“말해주시오. 귀를 씻고 들으리다.”

“여기만 공격당한 게 아니란 걸 알고 있습니까?”

“알고 있소. 접경지대의 지부들이 태반 당했다는 전서가 지금도 계속해서 들어오고 있는 중이오.”

“우리는 줄곧 그들을 따라왔소.”

“기습한 자들 말이오?”

“접경지대의 지부들을 괴멸시킨 건 모두 그들 짓이오. 그들은 도균에서 출발했고 철혈문 지부들을 공격하며 여기까지 와서 소멸된 거요.”

“천검회!”

“정확하게 말하면 불곡산이오. 그자들은 천검회에 의해 금제를 당한 사파의 고수들이오.”

장황은 운호의 말을 듣고 눈을 지그시 오므렸다.

철혈문의 정보망도 만만치 않았다.

천하에서 가장 강하다는 삼십팔 세의 일원이니 오죽할까.

침입자들의 시신이 그대로 방치되어 있었기 때문에 곧바로 그들의 정체를 확인할 수 있었다.

놈들은 운호의 말처럼 사마외도의 인물이었고, 그중에는 이름만 꺼내면 누구나 알 수 있을 정도의 정절고수도 여럿 포함되어 있었다.

문제는 그자들이 왜 철혈문을 공격했냐는 것이었다. 불시에 들이닥친 마검 일행은 그 배후로 천검회를 지목하고 있다.

믿지 못할 일이었으나 운호의 입에서 사천에서 있던 일부터 최근 백룡사와 불곡산의 일에 대한 설명이 지속되자 그의 눈에서 시퍼런 불꽃이 일어나기 시작했다.

천검회에 의해 어쩔 수 없이 남부로 밀려난 철혈문의 분노가 그의 눈에 그대로 담겨 활활 타올랐다.

정말 이것이 사실이라면 도발이고 침략이었다.

공생을 깬다면 죽음을 건 전쟁뿐.

그는 죽음을 두려워하지 않는 철혈문의 맹장이었다.

운호 일행은 철혈문에서 빠져나와 도균 쪽으로 방향을 잡았다.

벌집을 쑤셔놓은 것 같은 풍뢰단에 더 이상 머물 이유가 없었기 때문에 그들은 상의 끝에 다시 도균으로 향했다.

그 결정에 가장 큰 영향을 미친 것은 운호였다.

천검회의 영역으로 들어가는 것은 매우 커다란 위험을 감수해야 하는 일이었다. 그러나 무슨 일이 벌어지는지 알기 위해서는 호랑이의 소굴로 다시 돌아가야 한다는 주장에 일행은 동의할 수밖에 없었다.

삼 일 동안의 여독을 풀기 위해 반나절 동안 여화에서 머물던 그들이 길을 떠난 것은 해가 중천으로 떠오른 오시 무렵이었다.

그들이 추적하던 만마당은 동에서 서로 횡단하며 철혈문의 지부들을 공격했다. 그 때문에 많은 시간이 걸렸을 뿐, 막상 여화에서 도균으로 돌아가는 길은 한나절도 걸리지 않았다.

서두르지 않았다.

빨리 돌아간다 해도 할 수 있는 것은 천검회를 감시하는 것이 전부이니 서두를 이유가 없었다.

다행스러운 것은 운호의 정체가 발각되지 않아서 추적자가 없다는 것이었으나 그 다행스러움은 태강(台江)을 넘어서자마자 금방 깨지고 말았다.

이백의 적색검객.

선두에 선 막여와 파혼당의 이백 검객이 숨소리조차 들리지 않을 정도의 적막 속에서 그들을 기다리고 있었던 것이다.

여화에서 도균으로 들어가는 길은 큰 길만 따져도 다섯 갈래가 넘는데 파혼당이 태강을 점유하고 기다렸다는 것은 운호 일행의 이동 경로를 정확히 파악하고 있었다는 뜻이 된다.

그랬기에 운호의 얼굴은 슬그머니 굳어져 갔다.

그들의 행동에서 충분히 잡을 수 있다는 자신감이 나타났기 때문이다.

태강에서 철혈문의 영역까지는 반나절밖에 걸리지 않는다.

그럼에도 이곳 태강에서 그들을 기다렸다는 것은 그 시간 안에 충분히 때려잡을 수 있다는 판단을 내렸기 때문일 것이다.

"그대들은 누군가?"

"천검회, 파혼당."

"우리를 기다렸나?"

"그럼 누굴 기다렸을까."

"나를 알고 있단 말이지?"

"당연한 말을 하고 그래. 천하의 마검이 어떤 놈인가 무척 궁금했는데 아직 새파랗구나."

"우릴 기다린 이유는?"

"네가 더 잘 알면서 그런 걸 왜 묻나. 그렇게 물으면 우리만 이상해지잖아."

빙글거리며 웃는 막여의 얼굴에서 여유가 흘러나왔다.

천하의 마검을 눈앞에 두고도 여유 있는 모습을 보인다는 건 그만한 자신감이 있다는 뜻이다.

하지만 운호의 안색은 조금도 변하지 않았다.

"어디서부터 따라왔지?"

"너희가 그자들을 따라붙었을 때부터."

"그럼 도균에서부터였단 말인데, 이제야 나타난 이유는 뭔가?"

"나도 그것 때문에 많이 힘들었다. 기다린다는 건 참 더럽게 힘든 일이거든. 그래도 참을 수밖에 없었어. 너희 일이 끝나길 기다려야 했으니까."

"일? 무슨 일?"

"쯧쯧, 우리가 너희에게 시킨 심부름."

"알아듣게 말해. 빙빙 돌리지 말고."

"철혈문. 가서 본 대로 잘 말했겠지?"

"뭐라!"

막여의 대답에 운호의 입에서 고함이 터졌다.

전혀 예상 밖의 대답.

그의 대답을 듣자 운호는 자신도 모르게 온몸이 부르르 떨리는 걸 느꼈다.

놈들은 자신이 꼭두각시가 되어 철혈문에 사실을 알려줄 거라는 예상까지 하고 있었던 모양이다.

암계이면서 귀계다.

스스로 해놓고 상대로 하여금 자연스러운 경로를 통해 알게 만든다는 건 또 다른 암계가 숨어 있다는 걸 의미한다.

그랬기에 이를 악물었다.

머리가 복잡해지며 어지러웠으나 운호는 슬며시 고개를 흔들어 털어내고 막여를 향해 천천히 걸어갔다.

그릉거리며 울려 퍼지는 그의 목소리는 부러지듯 한 자씩 끊어져 나왔는데 유부의 귀기로 가득 차 있었다.

"천검회, 참 재밌는 놈들이구나. 그동안 망설였는데 이젠 그렇게 하지 못하겠다. 어디 니들이 깨지나 우리가 깨지나 한번 해보자. 얼마나 숨길 수 있는지 한번 숨겨봐. 내가 끝까지 찾아내서 하나씩 까뒤집을 테니까!"

태강은 동에서 서로 흐르는 귀주의 주강으로서 넓이는 칠십 장에 달하고 수심도 가장 깊은 곳은 오 장이 넘을 만큼 큰 강이다.

강을 끼고 나타난 파혼당은 그들이 가야 할 방향을 완벽하게 차단한 상태였고, 어느새 나타난 세 명의 괴인이 그들의 퇴로를 가로막은 채 기세를 뿜어내고 있었다.

병력으로 나타난 파혼당 못지않게 위험한 기운을 뿜어내는 자들.

결코 눈앞에서 빙글거리는 막여보다 하수일 리 없었다.

고립무원(孤立無援).

앞뒤로 적에 의해 막혔으니 진퇴가 힘들어졌다.

그럼에도 이빨을 드러낸 운호의 표정은 변함이 없었고 발걸음에도 망설임이 없었다.

운호는 막여의 삼 장 앞에 다가간 후 등에 메어두었던 흑룡검을 꺼내 들었다.

"내가 중앙이다. 운상은 왼쪽, 운여가 오른쪽, 한 소저는 내 뒤에서 지원하는 것으로 하고. 도망은 생각하지 않았으니 알아서들 해. 강을 배후에 두고 싸울 거니까 정 힘들면 물에 빠져 죽어."

"난 수영 잘하니까 물에 빠져 죽을 일은 없을 거다."

운호의 설명에 운상이 슬쩍 웃었다.

이백이란 숫자가 부담되었으나 그는 황수에서 천여 명과 싸운 전력이 있기 때문인지 얼굴에 전혀 두려움을 나타내지 않았다.

자신의 무력을 믿었고 친구들의 무력을 알고 있으니 힘들지는 모르나 이 싸움은 반드시 이긴다.

그의 웃음에 담긴 것은 철혈의 의지와 믿음.

절정을 넘어 절대의 경지로 나아가는 운상과 운여는 바라보는 운호를 향해 걱정 말라는 시선을 보냈다.

운호가 먼저 중앙을 점유하자 미리 약속한 대로 운상과 운여가 자리를 잡았고 한설아가 그들 뒤에서 검을 꺼내 들었다.

그 모습이 막여를 황당하게 만들었다.

지금 운호 일행의 진형은 파혼당과 정면으로 붙겠다는 의지를 보이는 것이었기 때문이다.

비록 황수에서 마검이 엄청난 위용을 자랑했다고 들었지만 파혼당은 칠절문과 근본적으로 다른 무력을 지닌 무인들이다.

혼자서 다수를 상대하는 가장 좋은 방법은 포위를 당하지 않은 상태에서 싸우는 것이나 놈들은 스스로 포위망에 갇힌 채 그들을 기다리고 있었다.

대단한 자신감인지 천하에 둘도 없을 어리석음인지 알 수 없었지만 결론은 오직 하나, 포위된 이상 놈들은 죽는다는 것이다.

막여의 손짓 하나에 파혼당의 검객들은 일제히 검을 빼 들고 천천히 걸어 운호 일행에게 다가온 후 반원을 형성했다.

적들이 뒤쪽에 강을 둔 배수진을 치고 기다렸음에도 그들의 표정은 전혀 변하지 않았다.

막여처럼 그들 역시 운호 일행을 충분히 잡을 수 있을 거라 생각하기 때문이다.

하지만 그 자신감은 싸움이 벌어진 후 불과 반각도 지나지 않아 깨져 나가기 시작했다.

중앙에 선 운호의 방어 범위와 전권은 오 장을 휩쓸었고, 운상과 운여 역시 그에 못지않게 범위를 확장시키며 공격해 온 파혼당의 무인들을 도륙하고 있다.

강변에 쌓인 모래밭이 파혼당 무인들의 시신에서 흘러나

온 피로 붉게 물들기 시작했다.

일각이 지났을 때 벌써 삼십여 명이 목숨을 잃고 바닥에 쓰러졌기 때문에 운호 일행 앞은 시신들로 인해 자연스럽게 방어막이 쳐지기 시작했다.

뒤쪽에서 지켜보던 막여와 세 명의 괴인이 앞으로 나선 것은 그로부터 열 명이 더 쓰러진 후였다.

막여의 눈은 번들거리고 있었다.

수하라고 불렀지만 형제처럼 지냈던 사람들이다.

저 앞에 눈을 감지 못하고 쓰러진 삼수는 어제 저녁만 해도 자신에게 숨겨두었던 술을 따라주며 활짝 웃던 놈이다.

그리고 그 옆에 있는 놈도, 그 뒤에 있는 놈들도 전부 마찬가지로 아주 가까운 기억 속에서 웃고 있던 자들이다.

그런 수하들의 죽음에 막여는 숨길 수 없는 분노를 느꼈다.

일검일검에 산악과 같은 기세를 내보이는 운호의 무력이 입을 떠억 벌리게 만들었으나 그는 조금의 망설임도 없이 수하들을 뛰어넘어 운호의 머리 위로 도약했다.

촤르르륵!

그의 검에서 솟구친 검기가 마치 망망대해에서 생성된 파도의 흐름처럼 운호에게 밀려들었다.

설명조차 필요 없는 강력함.

중첩된 검기는 도도하게 흘러 순식간에 운호에게 도착했다.

운호는 막여가 앞으로 나서서 도약하는 것을 보며 지체 없이 비화(飛花)를 뿌렸다.

막강한 검기의 물결이다.

비화를 뿌리며 전진하던 신형을 삼 장이나 뒤로 물리고 뒤이어 분광을 꺼내 들어 잔력을 해소한 후에야 바로 설 수 있을 만큼, 막여의 공격은 무지막지했다.

하지만 운호는 곧 후퇴한 신형을 다시 전진시켰다.

방어선을 후퇴시킨다는 것은 일행의 움직임을 위축시키는 것이기 때문에 전선을 고착해 놓을 필요성이 있었다.

막여의 쉴 새 없는 공격을 분광으로 밀어내며 전진하던 운호에게 혈패가 협공을 해왔다.

친구인 막여 혼자 힘으로는 감당이 안 된다는 것을 간파했기 때문이다.

백야검이 절정을 넘어선 것은 기억도 나지 않을 만큼 오래전이지만 그런 막여의 검으로도 어쩌지 못할 만큼 운호의 검은 거대했다.

고수들의 대결이 시작되자 파혼당 무인들은 자연스럽게 뒤로 물러나 관망할 수밖에 없었다.

그들 역시 귀주무림에서 한다 하는 자들로 채워져 있었으나 지금 눈앞에서 격전을 벌이고 있는 무인들은 다른 세계 사람으로 보일 만큼 무시무시한 전투를 벌이고 있었다.

끼어들지 못할 전장.

전의를 앞세워 참여한다면 목숨을 보장할 수 없는 싸움이었다.

인생과 마찬가지다.

가진 자, 힘 있는 자는 없는 자의 인생에 관여해서 자기 뜻대로 하지만 없는 자는 절대 있는 자의 인생에 참견하지 못한다.

그런 것처럼 파혼당 무인들은 분노에 젖은 눈으로 고수들의 싸움을 바라보기만 할 뿐 움직이지 못했다.

운호는 두 사람의 협공을 방어하며 좌우를 확인했다.

운상과 운여는 벽안의 사내와 홍의를 입은 자를 상대로 일진일퇴의 공방을 벌이고 있었다.

큰 위험이 느껴지지 않았다.

다시 말해 전력을 기울인다면 밀리지 않는 싸움이란 뜻이다.

문제는 자신이었다.

뒤쪽에 한설아란 제약을 달고 있기 때문에 조금의 틈조차 용납할 수 없었으니 제대로 된 싸움을 하지 못했다.

공격을 하지 못하는 고수는 반쪽짜리로 전락하고 만다.

지금의 운호처럼.

놈들을 죽이기 위해 전진하는 순간 그 짧은 순간을 이용하여 한설아가 공격당한다면 구해줄 방법이 없기에 운호는 자리를 지키며 방어에 주력했다.

위험이 없어지면 더욱 강력한 공격이 가능하다는 걸 막여와 혈패는 눈으로 직접 확인시켜 주고 있었다.

운호가 기색을 내보이지 않았음에도 뒤쪽에 있는 한설아 때문에 쉽게 움직이지 못한다는 걸 눈치챈 그들은 허수를 섞어 한설아를 위협하며 풍차처럼 운호를 공격했다.

이대로 시간이 지속되면 득보다 실이 훨씬 더 많은 싸움이 될 수밖에 없었다.

더군다나 놈들의 추가 병력이라도 오게 된다면 빠져나갈 구멍조차 보이지 않았기에 운호는 버럭 소리를 질러 운상과 운여를 불렀다.

"뭐해, 빨리 끝내지 않고! 다른 놈들 오면 어쩌려고 그래! 얼른 끝내고 가자!"

"네 눈엔 우리가 노는 걸로 보이냐?"

"죽는다!"

"어씨, 저놈 지랄하는 거 보니까 몇 군데 찢어져야 되겠네. 하여간 저놈 따라다니면 꼭 피를 본다니까."

운상이 투덜거리며 지금까지와는 다르게 적극적인 공세를 펼치기 시작했다.

고수 간의 대결에서 이토록 공방이 계속되는 것은 무력의 차이가 현격하지 않은 이상 단판의 승부를 벌일 경우 부상당할 우려가 크기 때문이다.

고수가 고수로 불리는 이유는 필살 초식을 가지고 있기 때문이다. 또한 자신의 목숨이 위협받는 상황에서는 언제든 동귀어진의 수법을 펼칠 능력이 있다는 걸 의미한다.

고수들이 조금씩 상대의 전신을 갉아먹는 방법을 쓰는 이유는 바로 그것 때문이었다.

시간이 걸리더라도 상대를 철저하게 파괴하는 것은 부상을 당하지 않기 위함이다.

무인들은 시신의 상태만 봐도 대충 누구에게 당했는지 알게 된다. 무력의 격차가 큰 경우는 단숨에 양단되는 경우가 많았고, 비슷한 무력을 지닌 자에게 죽임을 당한 시신은 수많은 상처를 지닌다.

한 치, 한 치 파고들어 적의 심장을 도려내는 것.

특별한 경우가 아니라면 고수들은 그렇게 싸운다.

운호의 외침에 운상과 운여가 분광을 꺼내 들고 적들을 공격하는 동안 운호는 착실하게 두 사람의 공격을 방어하며 시간을 끌었다.

둘 중 하나만 싸움을 끝내고 후방을 지켜준다면 십 초 이내에 싸움을 끝낼 수 있을 것 같았다.

물론 부상당할 우려는 크다.

하지만 어떤 상황이 오더라도 시간을 끌어서는 안 된다는 것이 그의 생각이었다.

싸움을 먼저 끝낸 것은 운상이었다.

운상은 분광과 회풍을 번갈아가며 전력으로 펼쳤고, 삼십여 초를 더 겨룬 후에야 혈룡을 쓰러뜨렸다.

싸움을 끝낸 그는 즉시 운호의 뒤로 다가와 한설아를 호위했는데 스스로 예상한 것처럼 세 군데에 상처를 입어 피를 흘리고 있었다.

운상이 뒤를 맡아주자 방어에 치중하던 운호의 신형이 그림자처럼 주욱 늘어나며 막여의 정면으로 다가섰다.

후방의 안전을 확보한 이상 싸움은 이제부터가 진짜다.

운호의 검이 팽이처럼 돌며 막여와 혈패의 전신을 노렸다.

검에서 솟구친 검기는 수십 갈래로 쪼개져 화살처럼 날아갔는데 그 하나하나에는 막강한 검력이 담겨 있어 적들의 검을 튕겨냈다.

콰앙! 쾅! 콰광!

굉렬한 충돌의 연속.

운호의 전진에 이를 악문 막여와 혈패가 전력을 다해 반격을 해왔으나 그들의 검은 결국 양쪽으로 나뉠 수밖에 없었다.

합공으로 막으려던 그들의 시도는 운호의 일직선 전진을

깨지 못하고 결국 분산되고 말았다.

그것이 그들을 치명적인 위험에 빠뜨렸다.

운호는 막여와 혈패가 좌우로 분산된 것을 확인하자 곧장 회풍을 꺼내 들고 십이검을 날렸다.

분광조차 막기 어렵던 그들은 천지를 뒤덮는 회풍이 전신을 노리고 날아오자 숨겨놓았던 자신들의 비기를 꺼내어 마지막 승부를 걸어왔다.

이십 년간 무적으로 지내왔다던 천검회 파혼당주 막여와 강남삼십이절에 속하는 혈패의 합공은 지축을 가르고 허공을 잘라내는 가공할 위력이 있었다. 하지만 절대의 경지에 오른 운호의 회풍을 끝내 막아내지 못하고 뒤로 튕겨져 나갔다.

혈패의 잘라진 왼팔이 모래밭 사이를 헤집을 동안 막여는 가슴과 옆구리에 이검을 맞은 채 입으로 선혈을 쏟아내고 있었다.

막여가 겨우겨우 신형을 일으키자 파혼당 무인들이 급하게 다가와 그와 혈패를 부축해서 뒤쪽으로 이동시켰다.

운호는 그런 그들을 더 이상 추적하지 않았다.

연민이 생겼거나 동정이 발동된 것은 아니었다.

무인의 죽음은 언제나 삶과 같이하는 것이니 동정은 사치에 불과했다.

그가 추적하지 않은 이유는 파혼당 무인들이 양쪽에서 불나방처럼 운상과 한설아를 향해 공격해 들어왔기 때문이다.

단 하나의 위험도, 단 하나의 실수도 용납하지 않을 생각이다.

그랬기에 그는 추적 대신 전권을 물려 방어선을 확인한 후 파혼당 무인들을 맞아들였다.

아직 남아 있는 적의 숫자는 백오십이 넘었다. 얼마나 독한 훈련과 전쟁을 겪었던지 그들은 동료들이 죽어나가는 것을 확인하고도 끊임없이 공격을 멈추지 않았다.

진정 치열한 공격이었다.

무섭도록 가라앉은 운호의 눈은 미친 듯 공격해 오는 파혼당 무인들을 냉정하게 응시하며 사일의 전삼식과 중삼식을 끊임없이 연환시켰다.

그것만으로도 충분했다.

어느샌가 회색의 눈동자를 가진 검귀 무정검을 해치운 운여마저 방어선에 합류하자 파혼당 무인들의 시신은 기하급수적으로 늘어났다.

죽이지 않으면 죽어야 되는 전장.

그 처참함이 서럽고 서글프다.

반 시진이 지나자 백으로 줄어든 파혼당은 한 시진이 지나자 이제 오십만이 남아 숨을 헐떡거렸다.

운호를 비롯한 일행의 전신은 피로 물들어 혈인이 된 지 오래였다. 운상과 운여는 부상을 치료하지 못한 채 계속 싸웠기 때문에 기력의 고갈되어 연신 가쁜 숨을 몰아쉬었다.

"멈춰라!"

그동안 쓰지 않던 분광을 터뜨려 순식간에 셋을 베어버린 운호의 입에서 사자후가 흘러나왔다.

가공할 위력에 파혼당 무인들이 주춤 물러서자 운호의 검이 직선으로 뻗어 나왔고, 그 검에서 수십 갈래의 검기가 파생되며 창처럼 일어섰다.

운호의 입이 다시 열린 것은 파혼당 뒤쪽에 쓰러져 있던 막야의 신형이 비틀거리며 일어설 때였다.

"돌아가라. 만약 돌아가지 않는다면 하나도 남김없이 모두… 죽이겠다."

『풍운사일』 5권에 계속…